ハピネスエンディング株式会社

トイアンナ

Happiness Ending Company

小学館

ハピネスエンディング株式会社

この本には虐待や性暴力をテーマにした部分があります。
ご覧いただく際にご気分がすぐれない場合は一度本を閉じ、
休憩を取るなどして身を守ってください。

第一章

智也《ともや》の成績は、大学二年生にしては上出来だった。そもそもが浪人していたから、遅れを取り戻したい意識が働いたのかもしれない。入学時は雨あられと降り注ぐ新歓のチラシから、いくつかサークルの勧誘も受けてみたが、どれもしっくりこなかった。それではさすがに友達ができないと気づいたころにはもう履修登録の期限直前で、ディスカッション形式の少人数授業をいくつも履修したら、友達と単位がセットで手に入ってしまった。いたって順調。順調ではあるものの、智也は圧倒的なヒマを持て余していた。

「で、バイトしたいって?」

七海《ななみ》がこちらをじっと見る。キャンパスの新館ラウンジは、空調がきいて心地いい。

「でも、うちは人足りてるしなあ、奇跡的に」

七海のバイト先は、大学の目と鼻の先にあるイタリアンレストランだった。カウンターだけの店だから、確かにスタッフは少なくていい。

「しかも、智《とも》くんって接客好きそうでもないよね？　ニコニコいらっしゃいませえ、ってキャラでもないし」

「けっこう、散々に言うよね」

「だって、散々なコミュ力じゃん」

その散々なコミュ力と友達やってて悲しくならないのか？

「正攻法なら、学内掲示じゃない？」

七海が目配《めくば》せする。

「学内掲示？」

「知らない？　大学にバイトの求人募集が来るんだよ。サークル棟の一階奥に掲示されてる。うちの大学限定で募集かけられるから家庭教師とかが多いけど。変わったやつとか、好条件の求人も多いって」

「ふうん」

まるで興味がないふりをしてみたが、一刻も早く席を立ちたかった。

その足でサークル棟に向かうと、あっさり掲示が見つかった。アルバイト情報が掲載されている割には、誰も見ている様子はない。大学で求人を探すという行為そのものが、思考に上らないからだろうか。

「かすみん、衣装の背中のとこ、ほつれてるって！」

「えっ？　どうしよ！　このまま着たら見えちゃうかな～」

「やば、セクシーじゃん～」

真後ろでダンスサークルのメンバーとおぼしき数人が、作りかけの衣装を引きずり歩いていく。夢想してきた青春のひな形を見せられたようで、心臓が痛い。じゃあダンスサークルに入るかと言われれば、頼まれても無理。やりたいことと、自分の性格に乖離《かいり》がありすぎて切なくなる。


【急募】エンディング業界のベンチャー（長期インターン）

見慣れない文字列に、目が留まった。エンディング？　Ｅｎｄｉｎｇ……終わり……終わる業界？

諦めた。Ｔｗｉｔｔｅｒで検索した。

終活とか葬儀業界ってまとめてエンディング業界って言うんだ。

求人を読み進める。

《エンディング業界にこれまで関心がなかった、未経験の方もご応募いただけます。弊社では本物の葬儀を実施しませんが、疑似体験を通じて業界知識を得ることができます。人とは少し違う経験を積みたい方は、ぜひご応募ください。週に一〜二日から勤務可。残業は基本的にありませんが、精神的にある程度タフな方が望ましいです。》

週一勤務可のアルバイトなんて、そうそうない。それでも求人が残っていたのは、業界が特殊すぎるからだろう。本物の葬儀でない点も、スプラッタが苦手な智也にとって徹頭徹尾ありがたい。

何より、葬儀なら「楽しそうに」人と触れ合わなくていい。一対一の家庭教師ですら「○○ちゃんなら、志望校に絶対合格するよ！」とおべんちゃらを言う自分を想像するだけでウンザリしていた智也には、うってつけの仕事に思えた。

「あなたのお母さんって、どういう人？」

すらりと伸びた長い脚は、そのまま黒いハイヒールに繋《つな》がっていた。視線を上げていくと、ナイフで切りこみを入れたような目にぶつかる。智也は本能的な恐怖を感じて、さっと目をそらした。

「普通に……優しいひとです」

「普通、って?」

「その、自分が飲み会とかないときは、今でもご飯を毎日作ってくれますし、受験も行きたいところを応援してくれましたし。さすがにオールして帰ると怒られますけど……」

「もっと昔の話を」

「え?」

「小学校とか、それより前。お母さんの話、何かない?」

面食らう。これが面接の質問なのだろうか?

面接会場は新日本橋《しんにほんばし》駅からそこそこの距離にある、清潔でクセのないビルの四階、これまた個性という個性を一切排除した会議室だった。この部屋を一歩出たが最後、どんな場所で面接したか、語れる気もしない。意図して、無機質な場所にしているのかもしれなかった。

「ねえ」

「はい! えっと。そうですね……小学校のころ、というと、あんまり覚えてないんですけど……。そうだ、読書感想文ですかね。自分は国語が苦手だったんですが、読書感想文が夏休みの宿題に出て。嫌で嫌で、最終日まで手付かずにしておいたんですけど。お母さんはそれを何度か注意してはくれてたんですけど。でも小学生だからゲームとか、友達と遊ぶのに夢中で。最終日に泣きながら原稿用紙埋めてたら、書き終わるまでずっと横にいてくれたんです。夜三時くらいだったと思います。それをすごく、覚えてますね」

「なるほど」

面接官の女性が、メモを取る……というより、ぐるりと大きな丸を描いているのが、遠目にもわかった。あなたこそ、ちゃんと聞いてます？　と訊《き》きたくなるような態度だった。

「お父さんは？」

それも訊くの？

お父さんについては、何を話したかよく覚えていない。忙しい時期もあったけれど、人生の重要なタイミングではいつも背中を押してくれた。中学の先生が勧める野球部じゃなくて陸上がやりたいと言ったとき、「そうか。やりきれよ」と支えてくれたこと。受験する大学を勝手に決めたらお母さんが腰を抜かしていたけれど、お父さんは「自分で決めたのか、えらいな」とだけ言っていたこと……。

「うん、すごいね」

「えっと、何が……でしょうか」

「君の家。普通じゃないよ」

初対面でなんて失礼なことを言うんだ、この人は。顔を上げると、目が笑っている。侮辱が目的ではなかったらしい。発言の意図が皆目わからず、智也は口をつぐんだ。

「じゃ、採用。いつから出勤できそうか、教えてもらえます？」

「えっ」

「えって、何。やっぱり嫌？」

「あ、いえ、アルバイトの面接って、その場で採用とか教えてもらえるものなんですね……」

「私が社長だからね」

「えっ」

「えっ、て。……やっぱり嫌？」

「あ、いや、あの、そっか。社長って、面接にいらっしゃるものなんですね」

ああ、うちの会社、ベンチャーで人少ないからね。そう言って彼女は名刺を取り出した。

『ハピネスエンディング株式会社　代表取締役社長　石橋《いしばし》 美香《みか》』

社名、まじダサいっすね。本音を顔に出さないことにかけては、得意でよかった。智也は名刺を財布へしまった。

出社初日。そういえば、ドレスコードを聞き忘れていた。いろいろ考えて「葬儀だし」と入学式のスーツを着ていった智也を、社長は「似合う！」と爆笑で迎えてくれた。スーツ出社がそんなにウケるか？　眉をひそめていたが、一歩オフィスに入ると笑われる理由もわかった。みんなＴシャツかパーカーにジーンズと、ラフな格好をしている。これなら出勤も気軽だと、内心ほっとした。

「はい、今日から入る佐々木《ささき》智也くんね。智也くんはこれから、山岸《やまぎし》先輩のもとについてもらうから。山岸くん、三十分後に実務研修お願いね」

はいよ、とオフィスの斜め向こうから、ふにゃっとした声が聞こえた。肩まで髪を伸ばした二十代後半くらいの男性。大学で演劇に明け暮れ、留年しすぎた先輩にそっくりだった。

「で。最初に私から、業務内容を説明するから。はい、これ持って」

社長に持たされたノートパソコンは、無骨なＴｈｉｎｋＰａｄだった。葬儀会社と思っていたけど、接客じゃなくて事務作業もあるのか。Ｍａｃしか使ったことがないけど、複雑な表計算とかないといいなあ。智也の足取りは、少しだけ重くなった。

「……モギソウギ？」

茂木《もぎ》総理？　と変換しかけた智也の思考はすぐに止まった。

「そう、模擬葬儀。つまり、生きているうちにやる葬儀のリハーサルね。といっても、うちはご本人の生前葬を受けているわけじゃない。お子さんが、親御さんの葬儀をリハーサルできるようにしているの。本当に親御さんが亡くなる前にね」

ちょっと難しすぎる。というより、脳がついていかない。

「あの、それは、つまり、親が生きている間に、子供が親の葬式をやるってことですか」

「そう。っていうか、そう言ったじゃん。数秒前に」

社長はケタケタ笑っている。きっと同じリアクションを、採用してきた人の数だけ見てきたのだろう。

「っていうか、そんなことも調べずに応募してきたんだね。最近の子って、意外と検索しないんだねえ」

もしかして、怒られているのだろうか。

「えっと、客……じゃなくてお客様は……なぜそんなことを?」

「そうねえ。たとえば、これまで育ててくれた親に感謝しているから、葬儀も立派にやってあげたいって方がいるとしましょう。でも、親の葬儀をいつやるかは寿命のことだからわからない。だったら事前に葬儀のリハーサルをして、本番でぬかりないようにしたい……なんてご依頼は、皆無だね」

ですよね。智也は胸中でひとりごちた。

社長は続ける。

「……代わりに多いのは、親への復讐《ふくしゅう》。親から虐待されてきた、差別的な待遇を受けてきた……。そんな子たちが、親を殺したいと願う。でも、現実で殺すほどイカれてもないし、法的に裁かれたいわけでもない。だったら、疑似でもいいから殺してやりたい。生きている親の葬儀をして、因縁と決別したい。それが、模擬葬儀に来る依頼のほとんど」

「……は」

思わず声が漏れた。しかし流れ出たハ音は、行き先を見つけられないまま会議室に吸い込まれる。

しばらくたって、

「……は？」

智也は再度のハ音に巡り合った。ただし二回目には、困惑が含まれていた。

「……そんなの、あんまりじゃないですか……？」

「ん。何が」

「だって、育ててくれた親ですよ？　そりゃ、不満があったり、嫌なこともあると思います。でも、生きてる親を模擬葬儀で殺してスッキリって、そんなひどいことを、やるなんて」

うんうん、と、社長はうなずいた。面接の真顔とは打って変わって、微笑《ほほえ》みすらしていた。顔だけを見れば、賛同しているように見えただろう。

「そうだよねえ。自分のことを産み、育ててくれた親に対して殺してやりたいなんて、なかなか思わないよね。思春期なら『死ね』って親に言っちゃうことくらい、あるかもしれないけれどさ。それでも後悔して『なんであんなこと言っちゃったんだろう』ってあとあと悩む子も多いだろうし。特に成人するとさ、こんなにお金ない年齢のときに親はもう自分を産んでたんだ、とか、忙しい中でも精いっぱい愛情をかけてくれてたんだ……とか、親の立場が見えてくるものね」

智也は、逆に驚いてしまう。

「じゃあ、なぜこんな仕事を、」

「ねえ。そろそろじゃない？　山岸くんの研修。それが終わったら、私に声かけてちょうだい」

議論が唐突に打ち切られたものの、智也に不満は無かった。どうせ、社長の中にもなぜこの事業が成立しているか、答えなんかないんだろう。下手な鉄砲も数撃ちゃ当たるのセオリーで、模擬葬儀を試しにやってみたら繁盛しただけだったりして。

社長が去った会議室でしばらく待っていると、山岸さんが入ってきた。山岸さんは、ふにゃっとした外見からは想像もつかないほどまともだった。

「こんにちは。僕がここで最年長の山岸です」

「は、はい。お世話になります」

意外。社長が最年長じゃないのか。「会社」という組織では、何となく年功序列でのヒエラルキーを想定していたから、年上の部下という存在には違和感があった。

「今後は智也くんにも〝現場〟に行ってもらうわけだけど、とにかく最初は、笑わないように。模擬葬儀ってアウェーな僕らスタッフからしたら、コントに見えちゃうからさ。特に死体。死体は当然、ホンモノがないからさ。布団をぐるぐる丸めたやつで代用するんだけど。これが棺《ひつぎ》の中に入ってるって思うと、たまーに、どうしても笑えちゃうんだよ。でも笑ったら終わりなんだ。そこで『笑ってはいけない』なんて思ったら……」

「全員、アウト」

「そう。笑ってはいけない、なんて思ってはいけない。当日は朝から悲しい思い出で頭を一杯にして。沈鬱な音楽をかけるとかね。そうだ智也くん、ご親族で亡くなった方は？」

「それが……うち、長寿の家系で」

父方の祖父は、御年七十二歳で趣味がサイクリングの健康体。祖母は祖母で、趣味の庭いじりで鍛えられている。母方は現役の歯科医と生け花の先生の夫婦で、これまた元気そのものだ。

「そっかあ……。そしたら身近な葬儀を思い出すのは難しいねえ。他に、悲しかった思い出はないの？」

「そうですね。自分、陸上でずっと頑張ってきたんですけど、高校二年生のときに脚を怪我《けが》しちゃって。スポーツ推薦が取れなくなっちゃったんです」

「おお。智也くんはトラウマまで健全なんだねえ。でも、当座はそれでいいかあ。これから現場に入るときは、その日を思い出して。それで、お客様も同じ痛みを味わっているんだ、と思って接してみてね」

初の実践的なアドバイス。智也は安堵《あんど》した。山岸さんは手元のクリアファイルから、模擬葬儀の流れを示したシートを見せてくれる。一回の模擬葬儀あたり、拘束時間は六時間。大抵が平日午後スタートだから、午前の授業に出てから出勤すればいい。確かに大学生向きのシフトだった。ただ、会場のスタッフは各回二名。七海のアルバイト先と同じ人数しかいない。

「結構、少ない人数で回すんですね」

「ま、ゲストも依頼主一名だけだからね。そんなにスタッフがいても、怖いでしょ。でも、智也くんが現場に慣れるまでは、美香さんも同伴してくれるって」

「美香さん？」

「うちの社長ね」

ああ。あまりにもフレンドリーな呼び方だから、思い至らなかった。最初は現場のアシスタント業務で模擬葬儀がどんなものか摑《つか》み、そのうち依頼主との事前打ち合わせにも入れるらしかった。正直、智也にとってはそちらの方が関心の的だった。お金を払ってまで、わざわざ生きている親の葬儀をしたいと思う依頼主って、どんな人間だろう。想像してみた。……想像できなかった。


「ね、もういい?」

社長が会議室へ顔をのぞかせた。智也へ後で来いと言ったのに、待てずにやってきたらしい。

「美香さん。もういいですよ」

山岸さんが席を譲る。トイレ休憩を期待していた智也は、あきらめて強《こわ》ばる肩を回した。

社長はスーツのジャケットを脱ぎ、椅子にかける。

「さて。さっきの疑問に答えるね。なぜ親の葬儀を、わざわざ生きてる間にやりたいなんて、素っ頓狂な依頼主がいるのかって話ね。こればっかりは、体験してみないとわからないと思う」

「模擬葬儀を、ですか」

「ううん。〝そういう親〟の言動を」

無理な話だ。智也の親は、呆《あき》れるほどおっちょこちょいだけれど、息子から見ても恨む要素がまったくない。『よくも、エアコンのリモコンをしょっちゅう無くしやがって！』なんてネタじゃ、模擬葬儀どころか喧嘩《けんか》にもならないだろう。

「今、やってみようか」

「へっ」

「私がね、いまから〝子から恨まれる親〟の話し方の例を見せるよ。智也くんは……そうね、普段お母さんに対してこう返すだろうな、っていう口調で普通に話してみて。まあ、一種のロールプレイだね。実際に叩《たた》いたり、危ない目には遭わせたりしないから安心して。再現するのは言葉だけ。どう？」

ジイイイ。蛍光灯の音が響く。部屋の空気がさっと冷えた。虐待をする親の話し方を、聞いてみる？　まるであのときみたいだ。五歳のころ、遊園地のお化け屋敷に「入る？」とお母さんが訊いてきた日。智也は洗濯のしすぎで色褪《いろあ》せたカーディガンの裾を握りしめ、やっとの思いで「うん」と答えた。恐怖よりも、好奇心に勝てなかった。だって、あのチャンスを逃したら次はもうないかもしれないって思ったら――。

「はい、聞きたいです」

智也は今回も、入る道を選んだ。

社長は会議室のパーテーションを開けて席を離れ、そして焼酎の巨大なボトルと、グラスを手にすぐ戻ってきた。焼酎のボトルについたシャンプーのようなポンプを押すと、グラスに焼酎がなみなみ注《つ》がれる。社長はストレートでぐびり、と飲んだ。いきなりの職場飲酒。智也は完全に凍った。

はあ。社長から、深いため息が溢《あふ》れる。酒の臭いが、会議室を埋めていく。数十秒の沈黙を経て、社長が口を開いた。

「で。どうしたいの」

「えっ」

「えっ、じゃないって。どうしたいか聞いてんの」

何が？　智也は考える。今日は研修で、特に意見を訊かれる場面もなかったはずだ。まだ働く意思があるか確認したいとか？　でも、雇用契約書にはもう印鑑を押しちゃったし。

「早く答えなさい」

焦る。一体なんのことだろう。もしかして何か悪いことをしたのだろうか。考えてみれば、模擬葬儀を依頼するお客様にあんまりだなんて言ったのは、うかつだった。それについて、謝罪したほうがいいだろうか。でも、もしこれが求められている『正解』じゃなかったら……。

「あのさ、バカにしてんの？　ずっと黙りこくって。こっちもヒマじゃないんだけど」

「あ、あ、えっと、すみません」

「すみません？」

　ギッ、と社長が智也を睨《にら》む。

「適当に謝んないでよ。そうやって、謝れば済むって思ってるの？」

「ち、違います」

「じゃあ、何」

　堂々巡りだ。社長は二杯目の水割りを作り始める。智也にもようやくわかった。社長にとって、正しい謝罪理由を探さなくてはいけないルールなのだ。社長は肘をついて、手の甲にあごを乗せた。そのまま厳しい目は、智也を突き刺す。

「その、自分が、この会社のお客様に当たる方の言ってることを、否定するようなことを言ってしまったこと、すみません、でした」

「だよね」

　どうやら「正解」を引き当てたらしい。

「そもそも……インターンの内容、ろくすっぽ調べずに来てさ。信じらんない。それで依頼主のことを貶《けな》して。あんた、やる気あるの？」

「あります」

嘘《うそ》だ。すでにこのインターンで働く気持ちは、萎え始めている。

「面接でさ。変わった経験を、させてほしくて応募したって言ってたよね？」

「はい」

面接を受けた日の自分が目の前にいたら、ここは止《や》めとけ、って言いたい。

「ならさあ、なんで研修一日目で、客を貶すようなこと言えんの？　常識ないの？」

なんで、なんでと言われても、実際に常識がないからだろう。確かに失礼な発言をしてしまった。社長がグラスを傾ける。水のように流し込まれる焼酎は、しかし、強烈な臭いを放っている。殺風景な会議室に、異質なモノが紛れ込んだことを示すように。社長は口をすぼめて、ふうーーっ、と長い息を吐く。人間に威嚇する音があるならば、きっとこんな息だろう。

「ねえ、なんで黙ってるの？　何か言いなよ」

何か。何かを言わなくてはいけない。智也は慌てて口を動かす。

「その、自分に常識がないせいで、お客様を貶すようなことを言ってしまって、すみません」

「それさあ、私が言ったことのオウム返しじゃん」

これは、「正解」ではない返答らしかった。どうしよう。「立派な理念をもって働いていらっしゃる社員のみなさんを否定するようなことを言ってしまって、申し訳ございませんでした」にすべきか。でもそうしたら「だったら、なんで最初から黙って研修に参加できなかったの？」と言われてしまう。これはボツ。「社長の気分を害してしまって、すみませんでした」ならどうだろうか。これもダメだ、同じように「ならなんで最初からできないんだ」と言われてしまう。だったら、「もう二度としません」ならどうか。

「あ、あの……。申し訳ございませんでした。もう二度と同じミスはしません」

「はあ？　智也くん今日が勤務一日目じゃん。ミスしないって、なんで保証できるの？」

ああ。しりとりで、同じ音を何度も投げつけられた気分だ。ルビー↓ビール↓るす↓スタイル↓ルート↓とぎじる……と「る」へ収斂《しゅうれん》するしりとりのように、どこまでいっても「なんで？」で返されてしまう。相手が満足しそうな謝り方をしても、なんで？　と聞かれたら堂々巡り。どうあがいても、同じ迷路へ引きずり戻される。

「だからあ……黙ってちゃわからないだろうがっ!!」

ダンッ。グラスがテーブルへ叩きつけられた。焼酎がビタビタッと跳ね、デスクへ小雨を降らせる。社長の上半身が、こっちに乗り出してきた。

智也は硬直した。

「そうやって黙ってりゃ、コトが済むって思ってるんだろうが!!　私のことをバカにして、ナメくさってるから黙っていられるんだろ？　そうだろぉ⁉　あ？」

社長の罵声は、オフィス中に響いた。会議室のパーテーション越しに聞こえていた雑談が、ピタッと止まった。

「ち、ち、ちがいます」

沈黙に包まれたオフィスに、智也の声が吸い込まれていく。

「違わないだろ？　大体なんだ、そのふざけた態度は。こっちがな、どれだけインターンの面接をしたと思ってるんだ？　お前を通すために、三十人落としたんだぞ。三十人だぞ？　お前がナメた態度を取って、その落とされた三十人はどんな気持ちだろうな？」

正解はなんだ？　無事に家へ帰れる回答はどれだ。

「……きっと、僕なんかが合格したことに、がっかり、していると……思います」

「そうだろうなあ」

とりあえず正解を引けた。智也の口角が少し上がった。

「で。お前はそういうふざけた態度を取って何がしたいわけ？」

……喜びは数秒で消えた。

「お前は、その落ちた三十人をコケにしたいってわけかな。そうだよな。さもないと、あんな態度取れないもんな？」

「いえ」思わず否定してしまった。この答えはマズい。

「あ、はい」

「ほら、やっぱり、ふざけてたんじゃないか！　じゃあなんで、さっきは『常識がないせいで』なんて嘘をついた？」

「その、とっさに……」

正解を探せ。正解。正解は？　なぜ嘘をついた？　そもそも何についての嘘を？

「ほ、保身の、つもりで」

智也の中で、連想ゲームのように引っ張り出された言い訳が言語化された。これだ、窮地を逃れる蜘蛛《くも》の糸は。保身。保身で行こう。オーケー、保身のために嘘をついたんだ。何のための保身だったかは、もう智也にはわからない。

「聞こえないんだけど」

ちっ、と呟《つぶや》きながら、社長がグラスをあおる。首の傾きに合わせてほつれ髪が顔を追いかけ、海苔《のり》のようにべったりと貼り付く。

「ほっ……保身のつもりで、嘘をつきました！　自分は、なんで模擬葬儀がやりたいか、お客様の、依頼する理由がわかんなくて、それで嘘を！」

「は？　言ってること、支離滅裂なんだけど？」

だめだ。何かが不正解だった。

「さっきからさ。私の話、聞いてないよね？」

「聞いてます、いえ、聞いてなかったかも……しれません」

「どっちだよ」

「あの、その、自分なりには、聞いていました。でも社長が望む完成度で、聞き取れていなかったかも、しれな、くて」

「言い訳すんな。お前は、聞いてなかったろうがっ！」

ガンッ。社長が隣の椅子を蹴った。パイプ椅子が、軽く跳ねて向こう側に飛んでいく。

「きっ、聞いてませんでした！」

「ほら、また嘘だ。お前、とんだ嘘つきだよな。今日何回、ウソついたんだよ。常識がない？保身のため？　それで今度は、聞いてました……だあ？　お前、何がしたかったんだよ。この会社ごと、コケにするためにワザワザ足を運んできたってわけか。あ!?」

「ち、ちがいま」

「じゃあ何だ」

社長の手がこっちへ伸びてくる。

「ヒッ」

とっさに、智也は自分をかばう姿勢を取った。違った。殴られるのではなかった。社長の手は、焼酎のボトルへ伸びていた。

「お前……何がしたいんだよ?」

徒労に満ちたやり取りの末、また最初の質問へ戻されてしまった。

ガタン。

社長は体を乗り出し、智也の顔面から十センチほどの距離に迫る。智也が顔を伏せようにも、近すぎて顔をそらすこともできない。目を、見てしまった。怒りのあまり開ききった目。光がない、ただ、酒でどんよりと曇っている亡霊のような瞳。

「早く答えろ。答えろ。こたえろ。こたえろー。答えろ。答えろ。こたえろ。答えろ。答えろ。答えろ、答えろ、答えろ。答えろ。こたぁえろ、こたえろ。答えろ。答えろ。こたえろ」

「あっ、あ……無理、無理です……もう……」

ボタボタと、両手の甲が雫《しずく》に濡れる感触が伝わってくる。

智也は、泣いていた。

「はーい、お疲れえ」

社長が元の顔に戻っても、智也は動けなかった。

どっちが、現実だったんだろう。今日は優しく会社概要について教わり、実務の流れを山岸さんに教えてもらって、それで、それから、それから……。

パンッ。

目の前で両手を鳴らされた音だった。反射で智也が数センチ後ろへのけぞる。

「はーい、手拍子でちょっとは〝こっち側〟に戻ってこれたかな？　ごめんね、怖かったでしょ。こんな社風じゃないから、安心してね。あ、飲み会は大体オフィスでやるから、ここで酒は飲むんだけどさ」

さっきまでの鬼女がいきなり気さくなお姉さんになっても、こちらの魔法はなかなか解けない。智也は呆《ほう》けた顔のままだった。

「あの、いまやっていただいたのが、親子の会話……ですか」

「そうそう。模擬葬儀の依頼主からは事前にどんな親御さんで、どんな態度の人かをヒアリングするんだけどさ。今のはけっこう、典型的なやつ。こんな風に何時間も子供を言葉でいたぶるわけ。きっともう、躾《しつけ》じゃなくて楽しくてやってんだろうね」

社長は朗らかに答える。グラスの飲み物は、焼酎から水に変わっていた。

「はあ」

にわかに信じがたい話だった。けれども、経験したからわかる。こんなことを、何年もやられたら正気でいられるはずがない。

「……それでね」

さっきとは打って変わって、優しい声の社長がいる。

「さっきの体験に近いものを何年も経験すると、子供はこう思うの。親は自分を愛そうとしてくれている。悪いのは自分なんだ。自分が親を怒らせるようなことをしているから、親は自分を愛せないんだ……って」

「そんな……」

「だからね。経済的に自立してからなんだよ。『もしかして、自分は親の慰み者にされていたんじゃないか？』って気づくのは。それから葛藤を重ねて、やっぱりこんな親とは決別したいと願う。そこまで前進できた人が初めて、うちのサービスを見つけるのね」

智也は、唇を一文字に結んだ。

「そういう人は、一歩間違えれば本当に親を殺してしまうかもしれない。もしくは、自害を選んでしまうかもしれない。そこまで追い詰められた人がね、模擬葬儀を知って〝親を殺した体裁〟にすることで、新しい生活を手に入れられたら……。きっと、いろいろな命を救える。そう思って、私は起業しました。ハッキリ言って、本物の葬儀社と比べると儲《もう》かんないんだけどさ」

美香さんは、漫画のキャラクターみたいに、ポリポリと頭をかく。先刻からほつれっぱなしの髪が、さらに散った。

「もしよかったら、智也くんにも命を救う手助けをしてほしいんです」

「……わかりました」

インターン研修は、定時に終わった。

第二章

待ち合わせの三十分前。会場に入れず、入口でウロウロしているのを山岸さんに見つかった。

「殊勝でいいねえ、やる気が感じられて」

智也は赤面する。本当は昨晩から眠れず、それならいっそ早く動こうと家を出てしまっただけだ。

そもそも、勢いでインターンに応募してしまったものの、本当に自分で良かったのだろうか。体力もなければ、葬儀業界への理解もない。さらに虐待への知識もない。ないない尽くしだ。採用される理由が、何かあっただろうか。

それに、しょっぱなから虐待家庭の会話を再現して、虐待を受けてみる「研修」だなんて、パワハラとも言えるのでは？　精神的に追い込んでから、思うままにこき使う作戦？　でも、あの瞬間以外はどの社員も優しかった……いやいや、それがブラック企業のやり口とも言えるぞ。

研修で再現されたおぞましい会話を七海に伝え、身のふり方を相談しようかとも思ったが「だったら辞めなよ」とスッパリ言われるのが関の山だ。声に出せない葛藤を抱えたまま、うつ伏せでスマホを触っていたらもう空が明るくなっていた。

「でもごめんね。まだ会場も開いてないんだ。時間になるまで、ちょっとここに入ろっか」

と、山岸さんに示されたのはカラオケボックス。

「はあ」

「おっと、葬儀の景気づけに歌うの？　なんて思っちゃった？　さすがにそこまでハッピーピーポーじゃないよう。事前にクライアントの情報を教えるの。個人情報も含んだ打ち合わせには、防音設備のついたカラオケが便利でさ」

たまにスーツ姿の客がカラオケにいるのは、そんな事情もあるのか。平日の真昼間。信じられないほど安い金額で、智也たちは部屋に通された。

「はい、これが今日の依頼主に関する資料。僕はメール返してるから、ひととおり目を通したら声かけてね」

そう言って、山岸さんはノートパソコンを開いた。この資料が紙で印刷されていたということは、最初から智也に渡すつもりだったのだろう。山岸さんへ感謝しながら、智也は紙面に目を落とす。

依頼主の名前は城井《しろい》あかね、二十三歳。智也と年齢が近い。現在は無職。無職で模擬葬儀を依頼するお金はいかに工面したかというと、ソープで働いたと記載があった。外見の項目には『メイクはほとんどしていない。黒いストレートな髪。手首に傷なし。ベージュのワンピース、ヒールのないパンプス（山岸）』とある。リストカットについてわざわざ記載するくらい、心を病んでいる人が多いのだろうか。ソープ、という単語にはぎくりとしたけれど、それ以外はまとも……というか、地味そうな人だ。語学でクラスが同じ子に、こんな子がいたのを思い出した。


態度は『おどおどしている。担当と目を合わせようとしない。人見知り。面談ではたどたどしいが、しっかりした口調で話す。過去の経験も冷静に話せており、意思疎通に問題ナシ』このあたりも、名前を思い出せない「クラスのあの子」っぽいな。智也の中で、ぼんやりとイメージが固まっていく。

その次に『幼少期の記録』という、ひときわ気になる欄があった。そこには、やはりというべきか、グロテスクな経歴が並ぶ。城井あかねの父親は、大手メーカーの課長。週末も接待や休日出勤で忙しく、あまり家にいない。母親は同じメーカーで事務をしていたけれど、出産とともに退職。まともな大学に入れるようプレッシャーを受けた母親は、城井あかねの受験対策に燃えたらしい。

「塾の課題で問題を一つでも間違えるとベルトでぶたれた。テストで百点を取れないと、夕飯が床にぶちまけられた。それを手ですくって食べなくてはいけなかった。学校で学年五位以内に入れなかったとき、母親は中学の学費をわざと滞納した。そうすることで、学校で肩身が狭くなるようにした。友人は母親が《厳選》した。母親が許可していない子と遊んだ日は、真冬のベランダに何時間も放り出された」

智也は、音読していた。そうでもしないと、頭に入らなかったからだ。殴られる、水中に頭から沈められる、みぞおちを蹴とばされる、物置にまる二日閉じ込められる、られる、られる、られる。彼女は人生で、受け身を取ってばかりだった。ひっきりなしの暴力を、その体に受け続けて。

自分でも無意識に、歯を食いしばっていたらしい。読み終えてから、顎に痛みを覚えた。ホラー小説のようだった。軽い酸欠。ここはどこだ。目をつむった。開いた。カラオケの個室。意識がゆっくりと戻ってきた。

「智也くん、大丈夫？」

山岸さんが、爽健美茶の入ったプラスチックのコップを寄越《よこ》す。そのチープな手触りが、智也を現実に引き戻してくれた。

「はい。ちょっと……かなり、びっくりしましたけど」

山岸さんが、ゆっくりとうなずく。

「そうだね。どんな依頼主も、楽な人生は歩んでないからね。特に今日の人は、しんどいかもね」

「そうなんですか。山岸さんのメモでは、経歴はすごいですけど……。けっこうまともそうな人に見えました」

山岸さんは優しい目つきのまま、智也に向き合う姿勢に座りなおした。

「これはね、今後の参考になればと思って言っとくんだけど」

「はい」

「今日の依頼主はね、かなり大変だと思うよ。虐待を長年受けてきて、手首も切ってない。これは危ない人っていうサイン。落ち着いて過去の虐待について話せる。これも良くない。覚悟を決めてソープで働いた。これだけがポジティブかな。ソープで働ける程度には〝まとも〟ってことだからね」

智也は面食らった。手首を切ってないのが「危ない」だって？　手首がズタズタな方が何倍も危ない人だと思うけど？

「というわけで、今日は荒れるかもしれない。危ないときの対応策だけど、まず怪我をしそうなもの、させそうなものを片付ける。取り押さえるのは僕ができるから、依頼主には触らないように。で、マニュアルに書いてある病院に電話して。そこに引き取っていただくから」

「あの、危ないっていうのは」

「依頼主が暴れる」

あーあ、今日は揉めそうだなあ。山岸さんの表情には、でかでかと心の内の言葉が書かれていた。


「あらあ。山岸くんと智也くん、一緒？　いいなあ、もう仲良し？」

会場では美香さんが、椅子を並べ始めていた。棺、花、椅子、ライト、焼香台、遺影。葬儀に必要なものは、こうして見ればかなり少ない。会議室はカーテンまで白く、設営を済ませれば立派な葬儀場だった。葬儀といえば百人規模の部屋を想像していたが、そこは二十畳もない小部屋。そうか、訪問客が一人しかいない葬儀で、やたら大部屋を使っても寂しくなるだけか。

智也は自分で抱いた疑問に、脳内で答えながら花を並べ、備え付けのテーブルに白布をかぶせる。見様見真似《みようみまね》でも、なんとかなるものだ。これなら自分の親の葬儀だって、できる気がしてきた。

「いよっと」

ばふんっ。美香さんが棺の中に丸めた布団を放り込む。棺の中など、開きもしないのに。なぜ布団など準備したのか。智也はかすかな疑問を抱いた。しかし、中に無いよりはあった方がリアルなのだろう。生きている親とはいえ、葬儀中は魂のありかを探したくもなる。模擬葬儀では、それが丸めた布団なのかもしれない。学芸会の準備みたいで、少しワクワク。そんな智也の気持ちをくじくように、会場の扉が鳴る。

キィ。扉が開く音に、智也は体をこわばらせた。とにかく、粗相のないように。初日なんだから、足を引っ張らなければ十分だ。

「あの……」

来客が話し始める前に、美香さんが扉へ駆け寄った。

「城井さん、今日はお越しくださりありがとうございます。代表の石橋です。もう少しで準備が終わりますが、外でお茶などされていても、座ってお待ちいただいて大丈夫ですよ」

城井あかねが、こくこくと首を縦に振る。

「……ありがとうございます」

蚊の鳴くような声だった。これまでまともに人と話した経験があるか、疑いたくなるほどか細い。智也は顔を上げた。視界に、城井あかねの華奢《きゃしゃ》すぎる体が入った。地味、というよりは時代遅れなレーヨンのブラウス。もとは白かったのだろうが、日に焼けてブラウンがかっている。服のシワを丁寧に取ろうとしたのかもしれないが、裾には折り目がヒダになって付いている。いくらアイロンをかけても、経年劣化でどうしようもないのだろう。苦戦の跡が見えた。

「えっと、それじゃ……外で。時間までには……戻ります」

城井あかねはそのまま後ずさりするように、扉から消えていった。レーヨンの幽霊は、去り際の足先まで細かった。

「あの、」

智也が声を出したが、

「後で」

と、美香さんに制止された。落ち着いた足取りで、山岸さんが智也の方まで寄ってくる。

「あのね、扉の前で、聞いてるかもしんないでしょ。彼女。依頼主のパーソナリティについて、これから先は質問だめね。後で何でも答えるから」

これじゃ、怪談じゃあないか。智也は胸を張って、深く息を吸った。

「親族のご入場です」

智也がパソコンで再生ボタンを押す。「シルエット・ロマンス」が流れ、依頼主の城井あかねが〞正式に〟入ってきた。通常、模擬葬儀のBGMには故人が……いや、生きている親が好きだった歌を流す。しかしまあ、葬儀にはそぐわない、濃密なラブソングだった。もしかして、依頼主の母親は夫との恋に溺れて、娘を娘として受《う》け容《い》れられなかったとか？　いや、たかが親の好きな曲で、そこまで勘繰るのもやりすぎかな。うちの両親なんて、息子の前で「3年目の浮気」を歌っているし。この論理でいったら、うちの親は浮気願望を秘めながら結婚したことになってしまう。

今回、智也の仕事は設営がほとんどだった。言われるがまま設営に奮闘した事前段階から一転、いざ本番が始まると手持ち無沙汰で、その分いろいろと考えてしまう。

模擬葬儀はほぼ無宗教だ。読経や法話がないぶん、普通の葬儀よりはかなり速く進む。聞いた話だと、通常の葬儀は四時間かかることもあるらしい。参列者が多ければ、焼香だけで大名行列のようになる。その点、参列者がたった一人の模擬葬儀は二時間のプログラムだから、実に倍速となる。

開式の口上を美香さんが述べてからは、「故人の思い出」ムービーが流れる。事前に故人となる親の写真を集め、映像化して流すのだ。最初の写真ではボンヤリした母親が、カメラに向かってまっすぐ目を向けていた。退屈そうで、無気力な瞳。写真にかわいらしく写るよりも気にかかることが多すぎて、カメラなどどうでもいい、という顔……。智也のまぶたには、貧困にあえぐ子供の写真がオーバーラップした。明日の食料が大事な子供にとっては、カメラのレンズなんてどうでもいいことだ。城井あかねの母親はもっちりと膨らんだ顎をたくわえている。飢えてはいなさそうだ。では、何を気にかけていたのだろうか。

写真が切り替わる。十代のころの写真がほとんどないまま、突然、結婚式のシーンになった。母親は抜かりない満面の笑顔を見せている。先ほどの哀愁を故郷に脱ぎ捨てたのだろうか。赤いじゅうたんが美しい、豪華なホテルでの挙式だった。何段にも重なるウエディングケーキはバブルを思わせ、シャンデリアはきらめいて、来賓の瞳に反射していた。解像度が低いせいでほの暗くとも、オフショルダーのウエディングドレスを纏《まと》う母親は美しかった。鎖骨から首筋まで、すっと一本線を通る姿勢のよさ。智也には、初めて自由を手に入れた少女のように見えた。

それから場面は大きく変化し、親子写真に切り替わる。赤ん坊の城井あかねが写り、母親はあいまいな笑みを浮かべている。疲れた笑顔だった。髪はぼさぼさで、投げやりに縛られている。新築と思《おぼ》しき家は慌てて片づけたのか、母親の後ろにあるキャビネットの引き出しには、入りきらない書類があふれている。母親のパーカーからは糸がほつれ、ジーンズへ蔦《つた》のように絡みついていた。この家で虐待を受けていたのは、城井あかねではなく母親の方だと言われても、納得できてしまいそうなカットだ。

それに対して城井あかねは屈託のない笑みを浮かべ、空へ向かって手を伸ばしている。今の彼女が纏うおびえた雰囲気からは想像もできない。笑顔は顔の幅いっぱいに広がり、いまにもとろけそうだった。

あっ。智也は、ごくわずかな「片鱗《へんりん》」を見つけた。おもちゃが、城井あかねの年齢にそぐわないのだ。写真に登場する城井あかねは、どう見ても一〜二歳。それなのに背景に、幼児が扱うには持て余しそうな知育玩具《がんぐ》が転がっている。ガラガラでも持っているべき子が、複雑なパズルを手にしている奇妙さは、智也に疑問を抱かせた。小さな子に複雑なおもちゃを与えたからって、より賢くなるわけでもないだろうに。お兄ちゃん、お姉ちゃんのお下がりかな？　資料を思い出す。城井あかねは、一人っ子だった。

城井あかねが幼稚園に入ってからは、紺のスーツで上品に並んだ親子写真ばかりが増えていく。小学校受験対策であろう。紺色の膝丈ワンピースに長く伸ばした髪を二股の三つ編みで結わえた城井あかねと、すっきりと髪をまとめ、同じく紺のスカートスーツを纏った母親。紺色の金太郎飴《きんたろうあめ》ファッションは、智也も小さいころからよく見かけた。智也自身は放任主義の親のおかげで、こういう受験とは無縁だった。それでも周りに「その道」を選んだ友人もいたし、違和感はない。

だが……。城井あかねは私立小学校に行ってはいない。中学も公立だったと記録にあった。すべての志望校に落ちたのか。

そこで、母親のタガが外れたのかもしれない。

無邪気な推理ゲームはそこで終わった。故人の物語は終焉《しゆうえん》にたどり着き、映像はプッツと途切れた。画面転換は自分の担当だ。智也は急いで動画をスライドに切り替える。スライドには〈喪主挨拶〉と書かれていた。美香さんが依頼人を立たせ、葬儀場の前方へ誘導する。前方には、スタンドマイク。「本物」の葬儀では、多数の参列者へお礼を述べ、しっぽりと故人の思い出を語る時間だろう。しかし、これは模擬葬儀。他の参列者はいない。依頼主は、誰もいない空白の椅子たちへ向けて話すことになる。

だからこそ、依頼主は故人について何を話してもいい。

これが、今日のメインイベントだ。

「今日は、私の母である城井桃子《もも こ》の葬儀にお越しくださり、ありがとうございます。私にとって、母は……」

声が止まった。智也はうつむいていた顔を上げる。

「よい母親ではありませんでした」

でしょうね。智也は目を細めた。

城井あかねは、堰《せき》を切ったように話し始めた。

――私は、ずっと、つらかったです。まず覚えているのは、青葉《あおば》付属小に通いたかったけど、合格できなかった五歳のとき。お母さんが『いいの。これだけ頑張ったんだから』と言ってくれて。嬉《うれ》しかった。それなのに翌日、お母さんは私を殴りましたよね。『なんで落ちたの！お母さんが、お母さんがバカだから、バカの遺伝子があんたに行ったんだって、電話で怒鳴られて！お母さんが可哀《かわい》そうだと思わないの⁉』と叫んでいましたね。お母さんはいつもそうでした。

日によって、時間によっても、言ってることが変わるんです。いいお母さんと、悪いお母さんが交互に出てきました。私は、どっちも怖かったです。いいお母さんも、信じられなくなりました。素敵なお母さんの日は、突然ケーキを焼いてくれましたね。無理に頑張るお母さんは「いいお母さん、してるでしょ。あかね。私を褒めて」って、理想のお母さん像を押し付けられているようでした。

悪いお母さんの日は、ひたすら私を殴ったり、蹴ったりしていましたね。『私をバカにしてるんだろ⁉』と、絶叫していましたよね。

ひゅうっと、冷たい風が智也の頬を触った。思わず頬に手を当てる。

――私、お母さんに、一緒に悲しんでほしかった。青葉には合格したかったです。同じクラスの美里《みさと》ちゃんも青葉に決まってたから。制服も可愛《かわい》かったね。

智也は、わずかな記憶をたどる。小学校受験は、学校によって筆記試験よりも礼儀作法や集団内でのリーダーシップ、面接での態度が大きな要素を占めるらしい。城井あかねも、マナーや集団行動でのふるまいが理由で落とされたということか。確かに智也の目でどこからどう見ても、城井あかねは集団行動が得意そうに見えない。たった三人の前でスピーチをしているだけなのに、マイクを握る指はぶるぶると震えている。

（どう考えても落ちるよね）と、智也は心の中でつぶやく。智也も偉そうなことを言える立場ではない。智也は智也で食事のマナーもおぼつかないから、今から小学校受験をしたって落ちるだろう。あれは生まれ育ちのよい人間だけに許された、花園への入口なのだ。

城井あかねの口上は続く。

――小学校のころ。私は家に帰るのが怖くて、ずっと遅くまで学校にいました。小学校でもいじめられていたけれど、お母さんは知らなかったよね。私、こんなだから友達ができなくて、ずっと無視されてました。バイキンって呼ばれて、私が触ったものは全部汚いものにされて。日直で黒板消しを使うと、次の日に黒板消しに除菌スプレーをかけられてたり、図書館で本を借りると、その本が禁書扱いになっていました。

なんて典型的で、最悪なイジメなんだろう。

城井あかねの声は細く、早口だ。話のどこで息継ぎをしているのかわからない。智也は耳をそばだてる。

無視は、人を少しずつ蝕《むしば》んでいく。自分がどれほどこの世で不要な存在か、じわじわ教えていくからだ。智也も小学校のころ、少しだけ無視された期間があった。毎日、毎時、毎秒が、胃の中に石を詰められたように重かった。学校へ行く道は、誰とも目を合わせずに済むよう足元だけを見て歩いた。そうすれば、うっかり視線がかち合って、目を逸《そ》らされる苦痛を味わうこともない。

一度、理科の授業で「二人組になって実験をしましょう」と先生に指示された日は、唇をぎゅっと嚙《か》んで涙をこらえた。当然ながら智也とマッチングする相手はおらず、なかなか実験は始まらなかった。

〈早くこいつを何とかしろよ〉と目くばせするクラスメイト。いつまでもペアができない智也に、教室の隅にいたもうひとりの「居なくていい子」があてがわれた。空気のキイン……という音が、つんざくように身を裂いた。

あの地獄を、依頼主はまる六年経験したというのか。智也の小学校では、いじめと言ってもすぐにターゲットが変わる気まぐれなもので、数か月で智也も解放された。それでも智也が消極的な人間になるには、十分な傷を残した。それまでは人を見るや、ヘラヘラと笑顔で話しかけるようなタイプだったのに。

「いじめられてても、学校では幸せでした」

智也の顔が固まる。依頼主、ドMなの？

——だって、無視は辛《つら》いけど、おうちで殴られるより痛くないから。中学受験のときは中学受験専用の予備校と自習室がある塾を掛け持ちしてて、毎日十時まで残っていました。勉強、あんなにしたのは後にも先にも初めてだったね。中学受験で成功したら、他人を無視する子ばかりの小学校から抜け出せると信じてた。それに、自習室の方が過ごしやすかった。おうちで蹴られたり、怒鳴られたりするくらいなら……。

城井あかねの声が止まった。彼女の頬に、涙が流れていた。

——わたし……わたし、は、お母さん。普通に、優しくされたかった。無理して頑張ってる、いいお母さんでなくてもいいから。なのに、どうしていつも私のことを見てくれなかったんですか。私が辛いとき、寄り添ってくれなかったの。お母さん。やっぱり、私のことが好きじゃなかったんだよね。私のことが、嫌いだったんだよね。ねえ。どうせそうだったんでしょ？ねえ？

最初に気づいたのは、山岸さんだった。山岸さんは壁をつたうように、城井あかねがいる葬儀場の前方へ向かおうとしていた。しかし、山岸さんが動くより先に城井あかねが遺影を弾《はじ》き飛ばした。

スパン！　と威勢のいい音を立てて、遺影が吹っとぶ。回転しながら遺影が床を転げまわった。

「死ねえええ！」

城井あかねが乱暴に焼香台が載った机をどけ、棺の蓋を剝ぐ。布団が現れた。依頼主がポケットから何かを出し、バチン。折り畳み式の包丁が組み上がる。そのまま布団へ刃《やいば》が振り下ろされたが、刀身が中まで刺さらない。華奢なあかねでは、布団を刺すにも力不足だったようだ。そのまま包丁は横へビッ、と滑り、布団カバーを引き裂く。綿は無事でも、外見は一瞬でズタズタになった。

「死ね！　死ねっ！　死ねぁあ、ああっ！　らぁ！」

絶叫しながら、あかねが包丁を振るい続ける。華奢なあかねの躰《からだ》は布団から弾かれて、反動でのけぞる。それでも果敢に、何度も布団を殺害しようと上半身が躍動する。その動作を数回繰り返しただろうか。突然、あかねは立ち上がった。彼女の瞳が、智也を貫く。

「えっ」

俺に来るの？

智也の視界がスローになる。彼女が、こちらへ向かって、走ってくる。手元には刃。あれ、思ったより結構やばいナイフじゃん。アウトドアとかで使う、樹木も切れちゃうやつじゃない……？　これで頸動脈なんていかれたら、どうにもならないんじゃ……？

あかねの足は止まった。彼女が向かっていたのは、智也ではなく、その手前にある母親の遺影だった。パキパキパキ！　綺麗《きれい》な和音で、遺影を覆うプラスチックカバーが砕け散る。

「えあっ、あっ！　ああ！　ひねっ！　しね！」

あかねはカバーが外れて丸裸になった遺影へ、ナイフを突き立てた。一度穴が開けば、あとはあっけない。次々に打ち立てられる刃で、あっという間に顔がズタズタになった。

もう声は出ていなかった、慣れない運動でゼイ、ゼイ、と肺をひしめく酸素の動きだけが、会場を包む。

母親の写真は穴の方が多くなりすぎて、もはや何を写していたかもわからない。それでも刃は振り下ろされる。二度、三度、四度。これまで殴られてきた全ての痛みを返すように。

遺影の穴開けパンチと化す城井あかねを止めたのは、山岸さんだった。

「そろそろ、お疲れでしょう」

あかねが、ぴたりと手を止める。息が上がりすぎて、肩で呼吸していた。

「そうですね……」

あかねは、ユラリと立ち上がる。汗で首筋が濡れている。そのまま、ただの紙片と化した遺影に向かって声を上げた。

「あはっ、ははっ、はっ、はっ、ははは！　あはははは！」

汗に濡れた手から、ナイフが滑り落ちた。すかさず山岸さんがそれを回収する。城井あかねは、かつて遺影だった穴の集合体に向けて、爆笑していた。

「お片付けはこちらに任せてくださいね」

山岸さんがいつもの穏やかな顔に戻っていた。

城井あかねは先ほどの狂気はいまいずこ、という気弱さを取り戻し、帰っていった。「さっきはすみません」と、か細い声で謝罪を繰り返す。先刻までは悪魔に取りつかれていたんじゃないか？　と思うほどの劇的な回復だった。もう少しゆっくり休んでいけば、と美香さんが声をかけたが、

「いいえ、私、これから勉強する時間なんです。母から社労士の資格を取れって言われてて。私、就活も失敗して無職だから……せめて資格は取らないと」

と、先ほどズタズタにした母親の指令を聞くため、足早に去ったのである。

焼香台の灰と、ズタズタになった布団カバーは可燃ゴミへ。ハンディクリーナーで灰を吸い、ゴミ袋へまとめる。供花は美香さんが数本引き抜いた。余った花を、自宅に飾っているらしい。

プロジェクターの電源を切る方法は、山岸さんが教えてくれた。智也の手は言われるがまま動いていたが、心は靄《もや》に足を取られたように、ボンヤリとしていた。

「大丈夫だった？」

美香さんが、声をかけてくれた。

「だいじょうぶ、ではないですけど。何て言ったらいいか……、その。せっかく葬儀でお母さんへの恨みを晴らしても、そのお母さんの言う通りに資格を取ろうとするって、どういうことなのかなって」

美香さんが眉を落とす。

「そうだね。私が断言できることではないけれど、きっと今日のお客様は、それ以外の生き方をまだ知らないんじゃない？　多様な生き方を知っている人はね、ストレスの元から逃げたり、戦ったりする道を選べる。でも、今日のお客様は〝じっと耐える〟ことしか知らなかったでしょう。そしたら、今日スッキリできたくらいじゃ、行動様式を変えられないんじゃないかな」

「それじゃ、このサービスの意味って……」

「あるよ」

美香さんが、手を止めて智也に向き合う。

「城井さんは今日、このまま家に帰るでしょう。あの調子だと、城井さんのお母様はまた、城井さんを責めるんじゃない？　『どこをほっつき歩いてたの』なんて言って。もしかすると、彼女は大人になった今でもお母さんにぶたれているかもしれない。そんなときにね、城井さんは今日ふり絞った勇気を思い出す。母親に一度でも抵抗できた自分をね。そうしたら、城井さんは次に何をすると思う？」

「親から逃げる方法を、調べたり、誰かに相談する……ですか」

「そう。初めて〝じっと耐える〟以外の選択肢を考える。模擬葬儀それ自体は、家庭環境を変える具体的な解決策にはならないの。でも、〝自分は親に反抗してもいいんだ、大丈夫なんだ〟という経験は、きっと力になる」

美香さんの言葉に満たされた体が温かい。智也の掃除機を握る手に、力がこもった。


二日経った。大学では陽《ひ》の光を甘受しようと、中庭に学生が集まっていた。いつもならどうということのない光景が、智也にはまぶしく感じられる。こんなにキャンパスって、明るいものだったっけ。中庭のベンチに座って、目を水平に動かす。豆粒のような大きさの、笑顔が視界いっぱいに飛び込んでくる。智也だって本来なら、マメ科の一員になっているはずだった。

今は、知り合いを探す気にならない。

少し暑い日で、半袖の学生が目立つ。うっかりジャケットを着てきてしまった季節外れの生徒は、上着を腕にかけて歩いていた。城井あかねも半袖になったとき、傷痕が見つからないようリストカットを避けていたのだろうか。それくらい親や世間から抑圧されていたのだとしたら、山岸さんの解説による「手首も切ってない。これは危ない人っていうサイン」も納得だ。

じゃあ、このキャンパスで笑っている誰かだって、親を死ぬほど恨んでいるかもしれない。本当は遺体代わりの毛布を刺し殺したいほど、壮絶な思いを抱きながら、逃げるように大学へ通っているのだろうか。家に帰りたくないあまり、サークル活動や、アルバイトへ逃避している同級生がいるとしたら。

「危ないよ！　んもう、よそ見してご飯食べないで」

食事中もそんなことばかりを薄ぼんやり考えていたら、自宅でお母さんに窘《たしな》められてしまった。模擬葬儀を終えてからも家の空気はいつも通りなのに、自分だけ異世界から転生してしまったようなよそよそしさを抱かずにはいられなかった。お父さんとお母さんと団欒《だんらん》を囲み、から揚げが千切りキャベツと一緒に出てくるこの家庭が当たり前ではないことに、気づかされてしまったからだ。

それでも、キャンパスに降り注ぐ陽射しは暖かい。まだ三限目までは時間がある。ベンチで少しだけ、うとうとしていたい。中庭でベンチの背もたれに体を預けた、その瞬間だった。

「次、何の授業なの？」

よく知っている声に、睡眠は辛くも遮られた。眉をひそめながらゆっくり目を開くと、七海が視界一杯に広がっていた。

「……心理学Ｉだよ」

「同じじゃん。広田《ひろた》先生のやつでしょ。私も自然科学科目、それ選んだんだよね。三限までまだ四十分あるし、カフェ行かない？」

「うん」

眠いから、という理由で断る強い心は、さすがに智也も持ち合わせていなかった。

大学の校舎三階にカフェはある。新校舎でピカピカの内装に、大学も気負ったのかケーキセットやら、マカロンやらを売り出した。おかげで店内は女子学生で溢れている。学食とは思えない強気の価格設定なこともあり、智也は正直、ほとんど足を踏み入れていなかった。

「……でね、韓国ドラマなんだけど。第一話から衝撃の展開なわけ。親が財閥出身で、何不自由なく過ごしていた主人公がね、いきなり父親に勘当されてしまうの」

七海の誘いがたわいもない話でよかった、と、智也は安堵した。今はあまり、重い話を聞きたい気分じゃない。話をしながら智也は思わず、七海の腕へ目をやってしまう。清々《すがすが》しいほどに、両腕ともツルツルの無傷だった。

まあ、そうだよな。七海が病んでいるとしたら、もう誰が健康で誰が病んでいるか、わかる気がしない。

「ねえ、聞いてる？」

「聞いてる聞いてる。めちゃくちゃ聞いてる。聞きすぎてる」

七海はむっとして、目を吊《つ》り上《あ》げた。それでも、続きを聞いてもらいたいと思ったようだ。話を中断はしなかった。

「……いいけど。それで、とにかく下克上な物語なわけですよ。一度は勘当された息子がね、親を見返してやろうってゼロから印刷会社を立ち上げるの。いずれは親の会社を超えてやる、って。でも、そこにライバル社が登場して、激しい価格競争にさらされて。大事な仲間をライバルの会社へ引き抜かれたり、社内にスパイを送り込まれたりしてね。データが全部盗まれ、個人情報の漏洩《ろうえい》スキャンダルを起こされて。そういう、数々のピンチを主人公が奇策を生み出し、仲間と次々に乗り越えていくわけよ」

「うん」

「ところが、最終回の一歩手前で、実はライバルが父親の差し金だったってわかるわけ！　実はお父さんは勘当した息子が心配で、ダミーのライバル会社を立ち上げて、厳しく鍛えながらも息子を見守ってたっていうわけ。そこで主人公は初めて親の愛に気づいて号泣するんだけど」

身振り手振りが大げさになり、七海の指がティーカップへぶつかった。カチャン、という音とともに、紅茶が少しこぼれる。

「つとつと。……でも、そのときすでに、お父さんは癌《がん》で危篤になってるのね。主人公は急いで父親の病院へ駆けつけるんだけど、ギリギリ死に目には会えないんだよ……！」

壮大なネタバレをしつつ、ドラマのあらすじを解説する七海。その目は、感動を追体験しているのか涙に潤う。窓際の太陽光を反射して、瞳はキラキラと輝いていた。

「最後のどんでん返しが楽しそうだね」

智也はコーヒーをすすった。

「そうそう！　やっぱり韓国ドラマはそこがね、よくできてるって！　あと、家族のつながりってやっぱりいいよね。どんなに酷《ひど》く見える父親も、裏では息子のために手を尽くしていたっていう家族愛がね、もう、涙がとまんないの。息子だってね、結構ひどい反撃をしてるわけよ。もともと恨んでるからしょうがないとはいえ、親の会社を買収しようと工作してね。でも、たとえどんな子でも、愛さない親なんていないんだって」

「それはどうかな」

唐突な反論にぎょっとしたように、七海は言葉を止めた。

「何」

「何って」

「いきなり、どうしたの」

智也はコーヒーカップに目を落とす。

「いや、そのドラマの話。父親はさ、もともと息子の会社を本気で潰そうとしていたかもしれないよ。でも、主人公の会社がどんどん大きくなって、争っても勝てないとわかったから『実は息子を見守るために、ダミーのライバル会社を作ったんです。息子よ、本気ではなく、これは愛情だったんだ。どうか許しておくれ』という美談に途中で変えたのかもしれないよ」

「それはさすがに、極論じゃやない？」

七海は身を乗り出して抗弁する。

「でもさ。物語の最初では父親も、自分が癌だって気づいていなかったわけでしょ。だったらなおさら、息子を短期間でそこまで苛《いじ》め抜いて、育てる理由がないよね。最初は本当に、息子を懲らしめたかったんじゃないの？　それが後から余命がわかって、これじゃ勝てないまま死ぬとわかったから、態度を変えただけかもしれないなって思っただけ」

「なんか、智也らしくないね」

「俺らしいって、そもそも何？」

「いや、なんだろ。普段の智也だったら『そうだね、うちも父親は無愛想だけど、大事なときは背中を押してくれてたんだよね。ああいうぶっきらぼうな愛情って、後から気づくことが多いよね』とか言いそうだなって」

一言一句、正論だった。おかしいのは自分の方だ。智也は目をつぶって、こめかみを押さえた。何が自分を変えてしまったかは明白だ。二日前の光景がフラッシュバックする。これまでベルトで殴られ、蹴られてきた分だけ《母親》をズタズタにした城井あかね。あれからもう、自分は幸せな家庭を前提に置ける人間では、なくなってしまったのかもしれない。

七海の怪訝《けげん》な表情が、コーヒーの水面へ逆さまに映った。

第三章

依頼主　上条《かみじょう》 洋平《ようへい》（三十五歳、男性）の初回カウンセリング記録

やっと、予約が取れました。葬儀、数か月待ちなんですね。僕と同じような人がこんなにいるなんて、意外でした。いや、自分も問い合わせておいてなんですけど、生きてる親の葬儀なんて、したい人がいるものなんですか。へえ、そんなに虐待を受けてきた人って多いんだなあ。だったらもっと世間に、知られてもいいと思うんだけどなあ。

僕ですか。虐待だったと思いますね。ええ、あれは虐待ですよ。母ですね。さかのぼると小学校時代の話になるんですけど、僕は結構いい小学校に通っていて。はい、私立の小学校です。絵を描く試験とか、体操の実技とかをね、やらされるんですよ。協調性やリーダーシップを見ているんでしょうか。

まあそれで、運よく引っかかってお坊ちゃんお嬢ちゃんのいる学校に通わせてもらっていました。僕の家はそんな、とび抜けた金持ちってわけじゃなかったんですけど。そういうので、別に差別もされないですよ。代々お金持ちの家に育った子供って、貧乏人を見下したりしないものですよ。友達はいっぱいできました。今でも繋がってるやつらもいますよ。よく飯をおごってもらってます。

ただ、僕は大学まで進めなかったんですよね。ええ、そこは中高一貫校で、そのまま大学までストレートに行ける小学校だったんです。ただ、父親の会社が破産しちゃって。中三のときですね。なんとか中学はそのまま卒業できたんですけど、高一の時、授業料未納で退学になって。借金から家族を守るために両親は離婚。でも、出ていく金もないから両親は一緒に暮らしてました。一応、法律上の親権は母親が取りまして。まあ、母親が専業で僕を育てていたので、父方の親族に預けられてもって話だったんですけど。

そうそう、で、離婚してからですね。母が鬱だったのかな、寝込むようになっちゃって。抗うつ剤とか、精神安定剤をバカ飲みしだしたんですよ。依存症ですよね。いろんな病院を回って、他院でも処方されてることを黙って。安定剤を大量に仕入れてきて、お酒と一緒に飲むんです。そうすると効きが強くなるとか言って。最初は「そうすれば家事ができるから」って言ってたんです。

でも、だんだん呂律《ろれつ》は回らなくなるし、わけのわからないことを叫びながら網戸を蹴破ったり、顔を掻《か》きむしったり。獣のようないびきをかいてぶっ倒れてることもありました。本当に人間ラリっちゃうとね、失禁するんですよ。一回、母親のゲロを片付けているときに、じょ〜、ってお漏らしされたことがあって。パジャマの下がどんどん濡れていった。あれは脱力しました。お前、犬だって自分でトイレの始末くらいしてるんだぞと。こんな化け物、畜生ですらない。クソ、道端のクソです。

でも、救急車は呼べないんですよ。下手に長期入院なんかされても、医療費を払う余裕もなかったんで。それに、こういう家族がいることを、隠さなくちゃいけない。父がもともとその地域では名の知れた経営者だったんで、奥さんがそんなことになってるなんて、入院させたらあっという間に広まりますよ。関東圏といっても、田舎ですからね、住んでいたのは。

看護は僕の仕事で。母が意識を失ったら無理やり水を飲ませて、風呂桶《ふろおけ》に吐かせるんですね。そうすると二日くらい昏睡《こんすい》状態になってから目覚めるんですけど、酒と一緒に薬をやってるから、何も覚えてないんです。

そんな調子で、街中の精神科を回ったから、さすがにバレて処方をもらえなくなって。しまいには安定剤の個人輸入にまで手を出してましたね。母親の枕元はゲロの跡と、酒瓶と、空の錠剤ケースで散乱。そんな日常です。あれはしんどかったっすね。母親の尿とゲロを片付けながら、殺してやる、絶対に殺してやるって思っていました。でも、こんな女を殺して人生が終わりになるのはごめんだ、絶対に人生を取り返してやる。そういう気持ちだけで、怒りを抑えてきて。

父ですか。父は、金策に走り回っていたのもあって、家にほとんどいなかったですね。母親の惨状？　気づいていたと思いますよ。でも見てみぬふりをしたかったんでしょう。自分の人生のせいで、妻と子供がこんなことになっているっていう現状に、耐えられなかったんじゃあないですか。直視したら、自分もおかしくなっちゃうって思って、目を背けざるを得なかったんだと思いますね。僕が父だったら、同じことをしていたとは……思いませんが。怪物になった母親から守ってほしかった、そう思います。

その願いは叶《かな》わずに、母の薬物依存は悪化するいっぽうで。特に辛かったのは……僕が十七、八になったくらいのころです。夜になると、

智也は手を止めた。記録を書き起こしたメモは、五ページを超えていた。もう少し要約して、レポート用紙にまとめなくては。しかし、聞いているだけでも、つられて嘔気《おうき》を抱えてしまう。依頼主の家じゅうに漂っていたであろう、酸っぱいニオイまでこみあげてくるようだった。もともと人の吐瀉物《としゃぶつ》を見るのは苦手で、視界に映るだけで自分までもらってしまいそうになるた

ちだ。さっき、スナック菓子なんて食べるんじゃなかった。いつもなら何でも食べられる胃が、珍しくむかむかしていた。

それもこれも、自分の適当さが原因だった。

「次から、初回カウンセリングも参加してみなよ」

と、山岸さんが言いだしたとき、

「いいんですか」

と嬉しそうに答えてしまったからだ。

初めての模擬葬儀が終わったあと、山岸さんは思いのほか上機嫌だった。何もできず突っ立っていることしかできなかった智也だったが、かえってそれが良かったのだという。

「依頼主を刺激しないこと。これが僕らにとって、一番大切だからね」

実のところ、初回カウンセリングには興味があった。模擬葬儀では、実際の葬儀を行う前にカウンセリングを受けられる。初回カウンセリングは無料。そこで依頼主の家族構成や経験をじっくり聞いて、模擬葬儀を提案する。

「ただ、初回カウンセリングにいらしたお客様が、全て模擬葬儀を選ぶわけではないからね」

「やっぱり、そうですよね。最低でも三十七万円って価格も安くないですし」

山岸さんは、正解だけど、と言ってから付け足す。

「値段もあるし、心の準備がね。僕らもお客様によっては模擬葬儀じゃなくて、本物のカウンセリングを提案することもある。模擬葬儀は、ある程度は心が健康でないと耐えられないからね」

「心の、健康」

「そう。たとえば、親との距離があまりに密な依頼主は、親を傷つけることで自分も傷ついてしまうんだよ。最低でも『自分と親は別の人間だ』と頭で理解できるくらいに、自我がきちんとしていないとね」

わけがわからない。親はもともと、自分と別の人間だろう。智也はそう思ったが、内心に留《とど》めておくことにした。

そしてヒアリング当日……と言いたいところだが、あいにく大学の授業と初回カウンセリングの日程が重なってしまい、こうして後から録音データを聞いて、レポートとして仕上げる業務だけ引き受けたわけだが。カウンセリングの音声は、予想以上にどぎつかった。母親。薬物。依存。依頼主が理路整然と話してくれているおかげで、ありありと情景が目に浮かび、口に酸っぱいものがこみあげてくる。智也は軽いノリで引き受けた自分を悔いた。どうして自分は、こうも迂闊《うかつ》なんだろう。

依頼主の上条洋平さんは、フリーランスのエンジニアと名乗ったようだ。三十五歳で、ひとり暮らし。なんてことない肩書きが、聞き取っている智也にも頼もしく思えた。少なくとも以前のように、親を憎みながらも同居しているというような環境のいびつさがない。

資料によると、時間通りに現れた上条さんは、パリッとした新しい白Tシャツにきれいめの黒スキニーパンツと、ローファーがよく似合う爽やかな青年だったようだ。フリーランスのエンジニアというより、気取らないIT企業の社長といっても通じそうだ。筋トレで引き締まった体に、Tシャツが映える。だからこそ、その外見と証言のギャップに気が引けてしまう。六本木でコーヒーでも飲んでいそうな人が、裏で模擬葬儀をしたいなんて思うんだろうか。

しかし、上条洋平の初回カウンセリングは、嘘だとしたらとんでもなくグロテスクな創作だった。なぜなら上条洋平は――。

携帯が振動した。電話が来ていた。

「はい」

相手は美香さんだった。

「ごめんね、急に電話して。いま大丈夫？　入れてもらった出勤日とは違う日程で申し訳ないんだけど、来週の火曜って空いてない？　山岸くんから聞いたんだけどさ、上条さんの件。成約したのね。ただ、日程がどうしても火曜日じゃないと都合が悪いみたいで。カウンセリング聞いたなら、現地も参加したいでしょ？」

「ええ。ああ、火曜ですね。はい、行けます」

智也は体を起こした。

「ありがとう、助かるわあ。じゃあ、集合場所とかは別途山岸くんから送るね」

んじゃ、と言い残して、電話はブツッと切れた。妙な興奮が体を支配していた。智也は携帯を握ったままでいた。見たい。上条さんの模擬葬儀に、参加したい。

「あれ、でも。てことは、初回カウンセリングのレポート提出日……明日じゃね？」

智也の上がったテンションは、一気に下がった。


葬儀の日は、湿った曇りだった。天気もこの日に味方してくれているようで、智也は足取りを早めた。聞いているときは気分が悪くて仕方のなかったはずの依頼が、なぜこんなにも自分を急《せ》き立てるのか、智也自身にもわからなかった。強いて言うなら、結末を見たい。ホラー映画の、その先を求めるように。しかし、現場で自分にできることなんて、あるだろうか。

勇み足は待ち合わせの十五分前に智也を現場へ到着させてくれた。窓越しに山岸さんの後ろ姿が見える。智也はそのまま入ろうとしたが踵《きびす》を返した。確か、通りの向こうにカフェがあったような。

「おお、おはよう」

数分後、山岸さんに声をかけた。山岸さんはいつもの鷹揚《おうよう》な動きで、ゆっくりこちらを向いて笑った。

「あの、これ」

コーヒーを手渡すと、山岸さんの笑顔が一回り大きくなる。

「なにこれ、気が利くじゃん！　どこで覚えたのこんな処世術。ありがとう！」

「これくらいしか、自分、役に立てないですし……」

「いい、その言葉こそ新人が持つべき言葉ってやつだよ。きっと就職したら、智也くんはいい社会人になると思うよ」

「あと三十分で、お客様もいらっしゃるんですよね。急ぎます」

赤くなった顔が見えないよう、智也はうつむいて作業を始めた。

果たして、上条洋平は時間通りの到着だった。前回よりも四畳ほど大きくなった会場は、へリンボーンの床が厳かな雰囲気を醸し出している。あらかじめ設《しつら》えてあった机も教会の祭壇のような趣で、供花さえなければ結婚式と言われても違和感がない。

そっけない机なら白布を全面に被《かぶ》せて香炉台にすべきところを、今回は燭台《しょくだい》もそのまま置かれていた。さまざまな会場を見て、ここがいい、と上条が指定したのだという。供花も洋風の会場に合わせて、スズランとユリが選ばれている。同じ白でも、菊よりいっそう清廉だ。スズランの森林浴を思わせるすっきりとした香りが、場を清めていた。

葬儀にもセンスって出るものなんだ。智也は感心して、自分の葬儀に思いを巡らせた。自分だったら、花はどうでもいいけど、仏式の葬儀はちょっと嫌だな。暗いし。参列者が笑ってご飯を楽しんでくれるような葬式だといいなあ。音楽を明るくすればいいのかな。でもそれじゃ、バカっぽくなっちゃうか。アルバムからスライドショーを作って、思い出を語り合ったりしたら、盛り上がるかな。そこで、はたと我に返る。そうだ、これからスライドショーを流すのだった。それも、生きている親の。

上条は、律儀に喪服を着ていた。模擬だから、何を着てきてもよいのだが、社会人として勤めているからだろうか、そういうところもきっちりしていた。山岸さんに促される形で、最前列に座る。さすがに緊張しているのか、動きはぎこちなかった。

事前に共有された親の写真を、今回は智也も見ていた。上条洋平の母親は、とにかく写真が多かった。庭でしゃぼん玉を飛ばして、屈託なく笑う幼少期の母親には、一筋の翳《かげ》りもない。受験で「必勝」と書いたハチマキを結んで勉強している姿も、ぎゅっと緊張した唇がなんとも愛《いと》おしい。やんちゃで、でも品の良い学生生活。修学旅行で同級生とそろえたピースサインが、画面に躍っている。お見合いで結婚したという父親との結婚式は、大恋愛もあったでしょう、と思わせるくらい幸せそうだった。正面を向いたものが多いだろう式の最中でも、お互いを見つめ合ったショットが多い。見ているこっちが恥ずかしくなるほどに、愛情たっぷりの写真が続いた。

しかし、だからこそ、その後の貧困が耐えられなかったのだろう。上条洋平が高校に入ってからの写真は、一枚もなかった。

「次に、喪主からのご挨拶です」

来た。来た！　智也は身震いした。自分が一体何を期待しているのか、自分にもつかめなくなっている。ただ、ただ結末が見たい。この悲惨な物語の。

「えー、本日は亡き母、上条理恵《りえ》の葬儀にお越しくださり、ありがとうございます。母は生前、皆様にお会いする機会も限られたなか旅立ちましたことを、お詫《わ》び申し上げます。それと申しますのも、母は長年、処方薬なしでは生きられない体になっていたからです」

当たり障りなく始まった葬儀もやはり、障りある部分へ触れていかざるをえない。

――母が、処方薬に手を出し始めたのは、私が高校一年生のころからだったと記憶しております。最初は、眠れないという話でした。それで、睡眠薬を飲むようになったんです。ところがある日、それをお酒と一緒に飲んでしまって。そうしたらよく眠れたというんです。家族も、それなら良かったね、と気にしていませんでした。当時、私の家は父の事業が失敗して破産の危機に瀕《ひん》しておりまして、それどころではなかった、というのが本当のところです。

立派な和紙に書かれた原稿を、上条洋平は読み上げていく。

──しかし、それが悪夢の始まりでした。母はそれから、アルコールと眠剤、安定剤を乱用するようになったのです。それからは、薬を飲むと暴れたり、泣いたりと家族に迷惑をかけるようにもなりました。私はそんな母を看護、いいえ、介護してまいりました。こうして自立できたのは、数年前に心を鬼にして実家を出たからです。離婚した父も、家を出る手助けをしてくれました。十代のころは不在の父を恨むことも多々ありましたが、こうして家を出る支援を得られたことには、深く感謝しています。それからエンジニアの資格を取り、今は何とか暮らしております。

母の話に立ち返りますと、素晴らしい親であったとはいえない状況にあったと思います。しかしながら、当時を思えば母の振る舞いも理解できるところはありました。何不自由なく育ち、親の言う相手と結婚し、子を生《な》して。子供も運よくエスカレーター式の小学校に入れてしまった。その状態から急転直下、家が破産しそうだと言われて耐えられる人はそういないでしょうから。

私は当時、なぜ自分ばかりがこのような目にあうのだと、世を、人を恨んでいました。しかし母も同じ思いであったことでしょう。母の友人はみな、裕福な暮らしを続けているのになぜ、母だけがこんな地獄をさまよわねばならないのか。薬物から逃れられない苦しみは、母自身にも降りかかっていたものと思います。当時の私は、そんな母を助けるには力が足りませんでした。

私がこのようなことを言えるのは、母と距離を置いて数年を過ごせたからにすぎません。もしあのまま同居を続けていれば、今も「死んでくれ、どうか一日も早く死に、私を解放してくれ」と願うばかりだったでしょう。ですから、今でも私は母を助ける力のない、役立たずの人間です。それでもなお、母にできることが無かっただろうかと、悔やむ日があります。

待ってくれ。智也は歯をかみしめた。そんな話を聞きたいんじゃないんだ。初回カウンセリングでは、そんな調子じゃなかったじゃないですか、上条さん。あなたは、もっと母親を恨んでいいはずなんだ。十代の、一番楽しい時期をズタズタにされて。しかも母親の青春時代の写真、あれを見ましたか。輝いていたじゃないですか。あなたは、同じような楽しさを味わう権利があったんだ。それを、両親に奪われたんだ。なぜそんな風に、達観して話せるんだ。それもわざわざ、模擬葬儀にお金を払ってまで。

智也の憤りもむなしく、話は続く。

——しかし、こうして母が旅立ってみますと、改めて自分の命が与えられたことに、感謝したいと思います。ここから先は私自身も悔いることのないよう、望んだとおりの人生を歩むことが、親孝行になるのではないかと考えております。長くなりましたが、ご清聴ありがとうございました。

上条洋平のスピーチは、よどみなく終わった。あまりにもつつがない進行に、智也もスライドの切り替えを忘れ、数秒ぼうっとしてしまった。画面を切り替えようとしたとき、視界の端に山岸さんが映る。手の平をこちらに向けていた。「待って」の合図だ。

上条さんが、こちらを見ていた。なぜ場面が転換しないのかと、目を見開いている。立派なスピーチの原稿は、ポケットにしまわれた。さすがにもう、間がもたないんじゃないか……。そう思ったとき、山岸さんが司会進行のマイクを取った。

「それでは、続きまして」

「待って、ください」

制止したのは、上条だった。

「もう少し、話す時間はありますか」

山岸さんがしっかり頷《うなず》く。上条は話し始めようとして咳込《せきこ》んだ。山岸さんがペットボトルの水を渡すと、上条が音を立てて半分ほどを飲み干す。緊張して、のどがカラカラだったのだろう。ハンカチで口を拭ってから、上条が口を開いた。

――それでもなお、許せないことがあります。

智也は大きく、静かに息を吸った。

――だいたい、わかるんです。母が階段を上がってくる日は。離婚しても同居していた両親は、いつも一緒に寝ているはずでした。ですが、母が私の部屋に、上がってくることがありました。階段を上がってくる、とん、とん、という音がすると、なぜか目が覚めてしまうんです。母はそっと音を消して、歩いていたのに。

初めは、裸で添い寝されるだけでした。最初は、薬物で朦朧《もうろう》として、入る布団を間違えたのかな、と思いました。なぜか母の体は冷え切っていて、亡霊に抱きすくめられているようで、とても怖かった。大の男が、母親に抱きしめられて怖いなんて、自分でも受け止めきれなくて。誰にも相談できませんでした。高校時代の友人に相談しても、マザコンとバカにされるだけだったでしょう。

私が何もしないのを知ると、だんだんと手口は大胆になっていきました。横で寝ているだけだったのが、抱きしめるようになって、次第にその手が服の中に入ってきて。震えが止まらないので、私が起きていることには気づいていたと思います。でも、母の手は止まりませんでした。一度、寝相が悪いふりをして、身をよじって逃れようとしたことがあります。けれど、そのまま手は止まらなくて。何をしても無駄なんだと、そのとき思い知らされました。私は、あのときどうすれば良かったんでしょうか。

十八歳のとき、最後までされました。母はその日、おかきとチーズを薬と酒の肴《さかな》にしていて、口が酒とチーズで臭かった。上に乗られたとき、ああ、もう自分には何の価値もないんだ、とわかりました。誰にでも生きる価値があるなんていうのは、嘘です。この母親には生きる価値はないし、血のつながった僕にもないんです。こんな汚れた人間は、消えた方がいい。そう思っていました。

でも母は、僕なしには生きられなかった。僕が黙って犯されていることが、母の支配欲を満たして、死なせないための唯一の方法だったんです。母にはもう、僕しかいなかった。僕が母を見捨てたら、きっとこの人は自殺してしまう。そういう確信がありました。だから、僕は僕を切り離すことにしました。こんなことをされているのは、僕ではない。他の誰かだ。この体は僕のものではない。強く意識さえすれば、人は自分の体を手放せるんです。

まず、手足の指の主導権を「これは自分ではない」と念じて、手放します。そうすると、指が重くなって、動かなくなるんです。同じことを今度は腕、ふくらはぎ、二の腕と、四肢をさかのぼって念じていく。そうして最後に首から上の権限を手放すと、世界と自分との間に境界ができます。その間は、誰かが僕の体を「代行」してくれる。だから僕は安全だ。そう思い込むことで、僕もまた自分の受けている行為と、母と向き合うことから、逃げ出したんです。

智也は必死で、体を動かさないように努めた。そうしなければ、口を手で覆ってしまったかもしれない。嫌悪感を示す動きは、マニュアルで禁止されている。でも、でも。泣きだしたくなるような情動を、智也は懸命に堪《こら》えた。誰だって、その状況に置かれたら逃げ出したくなる。自分の体が自分のものではないと、願いたくなる。母親に犯される日々が、どれほどの絶望をもたらしただろう。まして、学校へ通うことも叶わず、四六時中その親と対面していたら。上条さんがおかしくならなかっただけでも、奇跡に等しい。十八歳、中卒。その状況で家を出ることが、どれほど難しいか。まして、その年齢で母親から虐待を受けているなんてことを、誰に相談できただろう。学校には保健室の先生がいる。でも、学校に行けなかった子は？

――僕が家を出たのは、二十七歳のときで、それから程なくして心理療法を受けました。そこで初めて、自分ではない人間が、僕の代わりに苦しんでくれていたことを知りました。母の被害を受け止めるために、別の自分を作っていたんです。多重人格というほどじゃないですけど、近い状態だと言われました。それからは、交換日記を書いて「彼」と対話してきました。

僕もまた、僕自身に対する加害者です。自分ではない人格に、苦痛を押し付けてきた。だからあの時も被害者の顔をして、ぬけぬけと実家を出られたんです。もし僕が最初からすべてを受け止めていれば、怒りに我を忘れて母を殺してしまったかもしれない。それくらい、母への憎悪は大きかった。治療中に、他の人格と話をしたことで、自分がいかに楽をしてきたか、よくわかりました。

智也は、レポートの参考資料を思い出していた。虐待を受けた人間は、時折「これは自分ではない、ほかの誰かのできごとだ」と言い聞かせることで、苦痛から逃れようとするのだという。多重人格、解離性同一性障害と正式には診断されるらしいこの病気は、ドラマや映画に出てくる「別人格が超能力で大活躍」「実は隠された人格が連続殺人事件の犯人」なんて過激なイメージとは裏腹に、虐待の記憶を背負う被害者だ。

初回カウンセリングでも、上条さんには全部で三つの人格らしきものがあったと言っていた。もっとも、現在は治療を経て、全ての人格が統合されたらしい。だから山岸さんも、模擬葬儀を行えると判断したようだった。確かに、もし治療前の段階で上条さん以外の人格が模擬葬儀にトラウマを抱えたり、本物の葬儀と誤解してパニックを起こしたりしたら……。後を考えるだけでややこしい。

上条さんは、言葉を続けた。

——それで、今日は母へあのとき言えなかったことを伝えようと思っています。それを「彼」が望んでいるからです。もう僕と一緒になっていますが、あなたの虐待の記憶を引き継いだ彼の名前は、誠《まこと》と言います。覚えていますか、あなたが僕を産む前に死産したと言い張っていた、兄の名前です。本当はいもしなかった。薬による幻覚だと、父さんが教えてくれました。それを聞いたとき、肩透かしを食らったようで、さすがに子供の数まで間違えないだろうと、期待していたんだと思います。けれど、あなたは僕が期待してきた母親としてのほぼすべての役割を、裏切り続けてきましたね。

でも……。僕もその兄を必要としていました。架空の兄に、僕は人生の辛い面を押し付けてきたんですよ。母さんが、自分の辛さに向き合えず、薬とアルコールに人生を擦《なす》り付けてきたように。

彼は、交換日記でこう言っていました。母さん。なぜ、僕を愛してくれなかったんですか、って。なぜ、家が崩壊したとき、父が破産したとき、僕も守れないほど弱かったんですか。母親にそれを期待して、何が悪かったんですか。

母さんは僕をレイプしているとき……楽しかったでしょう。その気持ち、よくわかります。僕はあなたとの関係を、付き合った女性で再現してきたから。母さんが僕にくれた愛情の形しか、僕は知らない。だから彼女が泣きながら僕を精神科へ連れていくまで、僕も彼女を嬲《なぶ》ることしかできなかったんです。母さんのようにはならない、絶対に付き合った女性を大事にする。そう思っていたはずなのに、彼女が自分の思い通りにいかないと首を絞めてしまっていた。手首を押さえつけて、あえて望まないときに襲った。でもね、そのとき彼女の髪を摑んで、無理やり食らいつくとき、楽しかったんです。彼女が泣きながら自分の言うことを聞いてくれたとき、この子は自分を見捨てないんだと確信できたから。

だからわかったんですよ。母さん、あなたは僕を支配していたとき、さぞ楽しかっただろうって。ねえ、母さん。世界が何一つ思い通りにいかないとき、僕だけはあなたの支配下にあった。それが、とても嬉しかったんでしょう。

目まいがする。智也は、プロジェクターが置いてある台にもたれかかった。上条さんが性的虐待を受けていたことは、初回カウンセリングの録音にも記録されていた。だが、上条さん自身の恋愛観が破壊され、そのせいで付き合った女性にまで被害が及んでいたとは、全くの初耳だ。被害者が、ずっと被害者でいるとは限らない。

彼女は偶然、精神科へ上条さんを連れていける知識と勇気があった。けれど相手を間違えていたら、上条さんは今頃、塀の中にいたかもしれない。いや、今からだって、本当は警察へ行くべきなのかもしれない。しかし、目の前の上条洋平が、それに相応《ふさわ》しい人間とは到底思えなかった。本当に罰を受けるべきは、上条洋平の母親だろう。たとえそれが、もはや刑法では罪に問えないのだとしても。

——母さん、母さんを愛してたよ。

上条さんの意外な発言に、智也は顔を上げた。何を言ってるんだ、この人は？

——母さんのことを、本当に愛してたんだよ。母さんを守ってあげたいと思っていた。でも、事業が破綻してからは、そうもいかなくなったね。なんでだろう。……なんでだよ。なんで、もっとうまくやれるはずだったのに。母さんも僕も、駄目だったのかなあ……。あんなことになる前に、どうにかできる可能性って、前みたいに暮らせる未来って、どこにも無かったのかなあ。

智也は、もう荒くなった息を隠せなかった。ゼイゼイと、浅い息を何度も吐き出してしまう。落ち着け、落ち着け。部活動で教わった呼吸法を思い出す。鼻からゆっくり息を吸って、十秒かけて吐き出す。それを繰り返して、何とか話を聞き続けられる。

――母さんのことは、一生許せないと思うよ。大嫌いだよ。でも、本当は今も生きてるんだからさあ……。何で、何で、俺はなにもできないんだろうなあ……。会ったら殺してやりたいって、また憎いって、思うんだろうけどさあ……。なあ、戻ってよ。前の母さんに。どっちが本物の母さんかって言ったら、薬と酒に染まる前の母さんなはずだろ……。

上条さんは、しゃくり上げながら泣いていた。智也の目頭は涙を堪えて、ずきずきと痛んだ。

花を片付ける手を動かしながらも黙りこくる智也を気遣ってか、山岸さんがスズランとユリを纏めて、手渡してくれた。

「家族にでもお土産にしたら、喜ぶよ。供花だったことは、内緒にしてあげてね」

鼻をブーケへ差し込むと清涼な香りが、肺を洗い流してくれる。

「ありがとう、ございます」

「初回カウンセリングのレポートから受け持ったから、大変だったね」

「いえ……」

自分が望んだことですから、と言いたかったが、智也の声は続かなかった。

「でも、おかげで上条様にとっても、いい葬儀になったんじゃないかな」

それはそうだ。上条さんは、瞼《まぶた》をパンパンに腫らしながらも笑顔を見せてくれた。言いたいことが全て言えました、ありがとうございます――。自分なんかが同伴者でごめんなさい、と、智也は恥じた。もっと上手に上条さんを慰める言葉が欲しかった。右手に花束をぶら下げているのに沈痛な面持ちで歩く智也の姿を、通行人のいくらかは不思議そうに眺めた。

「ええっ、あらあ!」

智也の母親の、喜びようと言ったらなかった。

「お花、いいの？　こんなことってある？　今日、お母さんの誕生日じゃないわよ。どうしちゃったの、智也。お父さんにも報告しなくちゃ。あら、やだあ、嬉しい!」

だがその無邪気さが、癪《しゃく》に障る。智也は自分が花を渡した手前、作り笑顔で受け流した。母親が出した麦茶を受け取り、ダイニングチェアへ腰かける。

「インターン先で、さ。イベントの設営を手伝ったら余ったからって」

「あら、やあだ。買ってきてくれたんじゃないの？　でもね、すっごく嬉しい。お母さん、ユリ大好きなのよ。しかも、雄しべがちゃんと取り除かれてるじゃない。こうすると、花粉が散らないから周りが汚れないし、お花が長持ちするのよ。きちんと活《い》けてくださってるのね、そのイベント会社さんって。よかったわねえ、こうしてお花の活け方まで教えてもらえて」

　残念だけど、そういうのを教わる職場じゃないんだよね。小躍りで花瓶に水を注《さ》す母親を見つめながら、智也の思いは別のところへ向かっていた。きっとお母さんにとって、自分はまあまあいい子だったんだろう。割と言われた通りに進路も選んできたし、これといった反抗期もなかったし。こんな風に、気まぐれに花束なんか持って帰って。だから、お母さんは自分を好いているのかもしれない。

　もし自分が、それこそ薬物に依存するような問題児だったら、あるいは家に何事かが起きて困窮したら、お母さんは僕から逃げ出したんじゃないだろうか？　これまで自分は両親から愛されて育ったことを、ごく当たり前だと思ってきた。けれど、自分だって本当は、条件付きで愛されてきたんじゃないか。これまでは偶然、その条件を満たしてこられただけで？

「どうしたの、智也？　顔色、真っ白よ」

目を開けると、母親の顔が眼前にあった。驚いて、椅子ごと後ろへ下がる。

「そうかな。何でもないよ」

咄嗟《とっさ》にごまかしてしまった。

「そう？　まあ、お母さんの美白が遺伝したなら、嬉しいけど」

うちの母親は、何事もポジティブだ。自分も数か月前まではそうだった。それなのに初めて、母親に嘘をついてしまった。全て花が悪い。スズランの芳香は、母親の気分とは裏腹に数時間前を思い出させる。うちは正常だ。少なくとも、今のところは。智也は香りから逃げるように、自室へ向かう。

「ちょっと、コップくらいシンクに運んでよね」

母親の小言を、背中から追い払いたかった。


気が付くと、昼前だった。智也は布団の中で「まじか……」とひとりごちて、あんなにヘビーな経験をしたのに熟睡した事実にうんざりした。できればもう少し繊細に生まれたかったが、こればかりはどうしようもない。思い切り伸びをして、カーテンを開く。そろそろお母さんが昼ごはんを作ってくれる時間だ。でもその前に、コーヒーを飲みたい。階下へ降りていくと、クリーンな芳香が鼻腔へ届く。

スズラン、うん、悪くないじゃないか。小さくてかわいいし。一晩置いたことで、情緒もずいぶん落ち着いた。上条さんもきっと、こんな朝を迎えてくれていたらいいと願う。瞼がひどく腫れていたから、目覚めは悪いかもしれないけれど。少し笑えた。ドリップコーヒーへ、ポットからお湯を注ぐ。間が悪いことに、そのタイミングでパジャマのポケットが振動した。携帯だ。

メッセージが来ていた。七海からだった。

〈ねえ、大学に今日も来てないけど、大丈夫？〉

〈え、うん。どうした？〉

〈今日、文学基礎論の小テストだよ。小テストサボったら、自動的に単位なくなるやつじゃん〉

手が止まる。すっかり忘れていた。時計を見る。家を出ても、もう手遅れだった。

〈まさか、忘れてた？〉

〈最近、なんかあった？　大丈夫？〉

七海から続いて届いたメッセージに、返す心の余裕はなかった。

第四章

親殺しー　は　七年だ
懲役刑なら　七年だ
片親　選ぶなら
どっちしよ

遠野恵美《とおのえみ》は、物騒な替え歌を口ずさみながら登場した依頼主だった。シルバーのラメでギラギラした爪に、長く垂れ下がる大ぶりのピアス。黒のハイヒールは地面に突き刺さりそうなほど先端が細い。ノースリーブの白いカットソーに、シャネルのバッグ。

「わあお……マトラッセじゃん」

と、入室前にインターホン越しに遠野恵美を覗《のぞ》いた美香さんは、謎の暗号を口走っていた。

「なんですか、それ」

「えっ、マトラッセ知らないのお？　シャネルの一番有名なバッグ。ダイヤモンド形に、キルティング縫製が入ってるやつ！　カール・ラガーフェルドとココ・シャネルの最高傑作じゃない！」

「すみません……。葬儀用語かと思いました」

智也は美香さんの説明も半分以上入ってこないまま、曖昧に謝罪する。

「んー、いいねえ、業界に染まってきたねえ」

それを見ながら、山岸さんが、ニヤニヤしていた。

バブリーな出《い》で立《た》ちに、刺々《とげとげ》しい歌。智也はこの日までに、何件もカウンセリングを経験したが、中でも目立つ客になることは、間違いなさそうだった。


「こちらにおかけください」

智也はすっかり慣れた手付きで、遠野恵美を席へ誘導する。智也が模擬葬儀のインターンに入ってから、今日までに三か月が経《た》っていた。ヘンテコな歌にぎょっとはしていたけれど、表情は平常心を保つのが得意になった……と、思いたい。前よりは。

「で、契約したいんですが」

遠野恵美は、椅子から身を乗り出した。

「承知いたしました。ご契約いただくお客様にも、必ず初回カウンセリングはお願いさせていただいております。お話を詳しくお伺いしてから、最適なプランをご提案できればと思いますので」

「なるほど。理解したわ」

独特な言葉使いをする人だな……。智也は微笑みを崩さなかった。

遠野恵美は「お客様ご記入欄」と書かれたカウンセリング用シートへ手早く記入していく。せっかちにサラサラと記入された勤務先には、まだ就職活動をしていない智也でも知っているくらい有名な、外資系コンサルティングファームの名前がある。

なるほど、それで外見に重課金できるわけですね。智也は内心でひとりごちる。実際、遠野恵美は四十歳とは思えないほど、若々しかった。

やっぱり、というか、残念なことに、と言うべきか。ハピネスエンディングへ問い合わせてくる顧客は、圧倒的に貧困経験者が多かった。親を殺したいほどの因縁を抱えた家庭環境に生まれ育っているのだから、当然ともいえる。生活保護からお金をコツコツ貯《た》めて依頼してくる人もいれば、風俗や水商売で得た大金を握りしめて支払う客もいる。経済的に自立していても、精神疾患を抱えて正社員になれない人も多い。ここまで輝かしい経歴の依頼主は、智也にとって初めてだった。

「ありがとうございます。ここからは、ご依頼いただいたご事情を伺いながら、どういった模擬葬儀ができるかをご提案できればと思います」

山岸さんが、遠野恵美の向かいに座った。智也はその横で、メモを取る係だ。

「ＨＤＭＩケーブルと、モニターありますか?」

遠野恵美がおもむろに訊く。初めての質問に、智也は面食らった。

「ええ、ございますが……」

遠野恵美は、シャネル以外にもうひとつバッグを持っていた。ＰＣケースだ。そこからでん、と大型のノートパソコンを持ち出した。どう見ても業務用として、会社から支給されたものだ。ラベル印刷で、ＰＣの型番と社員ごとに割り振られるであろう、コードが貼り付けられている。

「スライドを作ってきました」

モニターに映されたのは、ＰｏｗｅｒＰｏｉｎｔのファイルだった。美しく整列された表は、彼女の生育歴だった。

「一応、こちらがハンドアウトです」

ハンドアウトとは、どうやら紙へ印刷した資料のことらしい。慣れもあって気を抜いてもヒアリングできるようになっていた智也だったが、ここにきて背筋が伸びた。なんだかこれは、真面目に聞かないといけない気がする。横目で山岸さんを見ると、いつになくキリリとした表情をしている。考えていることは、同じようだ。

配られた資料の表紙をめくって、一枚目。Ｐｒｏｐｏｓａｌ（提案）として、「母親の模擬葬儀」を依頼したいとのことだった。二枚目。Ｒｅａｓｏｎ（理由）として、背景事情が書かれている。一行目を読んで「うつ」と声を上げそうになった。

「母が新興宗教にのめり込み、娘である私を精神的、肉体的、性的に虐待したため」

要約にされると、インパクトが強すぎる。スライドの下にわかりやすい年表形式で、生い立ちが書かれていた。

１９８０年：高知県生まれ。父は弁理士。母は専業主婦。

１９８５年：父、胃がんのステージ２と診断される。

１９８７年：母、顕教苑《けんきょうえん》へ入信。家のお金を信仰に使い始める。

１９８８年：母の虐待が始まる。

１９９７年：父、死去。

「このスライドをもとに、お話を始めさせていただきます」

有無を言わせぬ口調で、遠野恵美が語り始めた。

遠野恵美は、裕福な家庭に育った。父は弁理士として、事務所の経営をしていた。地元の大手企業の特許を受注できていたこともあり、世帯年収は軽く一千万円を超えていたという。もともと営業や接待が好きで、飲み会やゴルフへ顔を出しては、そこで社長と知り合い、案件を獲得する。人当たりのよさと誠実さもあって、どんどん顧客は増えていった。父親はあまり家にいなかったが、たまに帰ってきたときは娘にべったりだったという。

「いつも父が抱きしめてくれるので、夜になって伸びた髭《ひげ》がチクチク当たって痛いよ、と文句を言っていたのを思い出します」

しかし、不幸は訪れる。五歳のとき、父親が胃がんと診断されたのだ。幸いにもステージ2だったが、胃がんは生存率があまりよくないので……と、医師から未来の可能性を示された。これまで苦労知らずだった母親は、恐慌状態に陥った。

「母は、あらゆる民間療法を試していました。砂風呂で体温を上げてがん細胞を殺そうとしたり、コーヒー浣腸《かんちょう》を試したり、活性酸素を除去するサプリメント、体にいい腹巻き、ビタミンCの大量投与……。まあ、今の私から言わせれば、荒唐無稽ですね」

遠野恵美は、にべもない口調で続ける。

「なにぶん幼い頃でしたから、あまり詳しくは覚えていませんが……。父がいつも渋い顔をして、何やらわからぬ薬を飲まされていましたね。父は父で、効くなら効くでよろしかろうと、母の言葉に従っていました。標準治療もしていましたから、民間療法で効くならしめたもの、くらいの意識だったのでしょう。一度、父が飲んでいたセンブリ茶を私も味見したことがありますが、苦すぎてそのまま吐き出した記憶があります」

コーヒー浣腸、活性酸素、センブリ茶。智也の脳に、急速に新しい語彙が積み上げられていく。がん患者が民間療法にのめりこむ話は、がん患者の芸能人ゴシップでわずかに知っていた。しかし、本当にコーヒー浣腸が効くと思っていたのだろうか……。それとも苦行に耐えることで、なにかしらよい報いがあると、信じたくなるものなのだろうか。

「それで、不運なことですが、がんが転移しまして。私が七歳のときですね。ありとあらゆる方法を試したのに、うまくいかなかったと。母の心がぽっきり、やられてしまったんでしょう。そこでがん患者の家族会経由ですね、顕教苑へ入信したんです」

顕教苑なら、智也も聞いたことがあった。確か、会員数三十万人を超える大きな仏教系新興宗教だ。学内で勧誘してくるので、大学掲示板に「瞑想《めいそう》、仏教研究をかたるサークル勧誘に注意してください」と書かれていた。

「遠野さんは、小さい頃にお父様ががんになって、それからお母様が病と奮闘する姿を、見ていらしたのですね。そして、お母様が宗教に入られるところまで、見守っていた」

山岸さんは、カウンセリングの基礎である「リフレージング」の技法を使った。相手の語ったことを、別の言い回しで繰り返す。そうすると、相手は聞いてくれた、と感じて心を開きやすい。

「ええ、そうです」

だが、遠野恵美の表情は硬いままだ。もしかすると、リフレージングのことを知っているのかもしれないな、と智也は直感した。プレゼン資料を持ってくるくらいだから、話し方もトレーニングを積んでいるだろう。そうすると、技法も知っている可能性が高い。

「遠野さんは、幼少期からとても過酷な環境を、頑張って生き抜いていらしたんですね。顕教苑は、遠野さんへどういう影響がありましたか」

山岸さんに、動揺した素振りはない。リフレージングのあとは、質問をして話を深めていく。これもまた、カウンセリングのマニュアル通りだ。

「顕教苑については、どれくらいご存知《ぞんじ》ですか」

無表情のまま、遠野恵美が山岸さんを見つめる。

「失礼ながら、お名前しか」

「そうですか。では、まずそこから説明させていただいたほうが、伝わるかと思います。顕教苑は、東京都日坂市に本部を持つ、仏教系新興宗教です。仏教系とは言いますが、実際には

〝教え主〟と呼ばれる教祖一家を信仰しています。初代の教え主である山内戒定《やまうちかいじょう》が悟りを開いたとして、オリジナルの経典を出しているのです。その経典は、作られたのが百年以上前ということもあり、今の教育方針にそぐわないものも多く含まれます」

「……たとえば？」

「体罰です。子は仏教にもとる発言をしたら、体罰を進んで受けねばなりません。『どうか私を教化してください』とお願いして、服を脱ぎます。そして定規やベルト、靴べらなどで打たれねばなりません。山内戒定は、身口意《しんくい》の業といって、身体・口・心の罪を犯せば悟りへの道は絶たれるからと、心を鬼にしても子を正せ、と教えたのです。叩く回数は犯した罪によって変わりますが、確か、悪口が五十発だったかと。クラスメイトのことを、嫌いと言えば五十回です。週に一度は叩かれていました」

「そうですか、それはひどいですね」

「ええ、とても、良くない思い出ですね」

「そう思うのは、当然だと思いますよ。そんなにひどいことをされたのですから。遠野さんは当時、どういう気持ちでしたか」

「最初は、それが当然だと思っていました。それしか世界を知らなかったので。罰もですが、どちらかというと、頑張っても褒めてもらえないほうがつらかったですね。テストで百点を取っても、絵で表彰されても〝教え主様のおかげ〟にされてしまうので」

初めて、遠野恵美が表情を崩した。悲しい目だった。うつむく表情へ長いまつげが重なり、影になる。

「あとは……。友達の家へ遊びにいったとき、どこにも叩くための棒がないので、驚きましたね。お母さんが、ケーキを持って出てきたのにも。私の母は、いつも顕教苑の集会で家にいませんでしたから。それからでしょうね、わざわざ裸にされて、叩かれることに強い屈辱を感じるようになったのは……」

少し、遠野恵美の呼吸が荒くなっていた。手を胸元でぎゅっとにぎりしめ、高級そうなサテンの服に皺《しわ》ができる。

「少し、休憩させてください」

「そうですね、それがいいと思います。ちょうどお昼の時間ですし……。続きは、一時間後でいかがでしょう」

山岸さんが彼女へ近くのカフェがある場所を教えた。コートを慌ただしく着て、遠野恵美が出ていく。

「噂《うわさ》には聞いていたけれど、なかなかだなあ」

山岸さんが、ペットボトルの烏龍茶《ウーロン》を飲み干した。喉が渇いていたのか、ごくり、といい音が喉から鳴る。

「そうなんですか」

「そうだよ。ふう……。新興宗教って言ったって、近頃はどこも穏健なものよ。体罰なんて強要していることがバレたら、下手すりゃお縄じゃないかなあ。でも、ま。僕も同世代だからわかるけどさ、高校までは普通に体罰あったからねえ。そういう時代だったのかもね」

体罰。智也にとっては、アニメでしか見たことのないものだ。教室で寝ていたせいで、廊下にバケツを持って立たされる小学生。智也が小学校へ入るころには、罰と言えば反省文や、宿題が倍になるもの、一番ひどいもので、学級会でクラスメイトの前で謝らされるくらいだった。

「山岸さんって、てっきり同年代だと思ってました」

「まさか。智也くん、誉めるの上手いねえ」

「それで、どんな体罰があったんです?」

「うーん、僕の場合は、竹刀で殴られてた。担任が体育教師でねえ、荒っぽかったんだよね。ま、学校も荒れてた方だったから、先生も自衛のためだったと思うね」

嘘でしょ? そんなの、体罰を超えて、暴行事件じゃないか。竹刀を持たないと身を守れないほど、荒れている学校なんていうのも、聞いたことがない。智也の住んでいる地区の近くにあまり偏差値が高くない高校はあるけれど、そこも荒れているというより、どことなく学生の元気がないだけだ。

それに比べて、今の四十代が経験した社会って……。そんなにどこもかしこも、体罰だらけだったのだろうか。それなら遠野恵美が自分の環境が異常だと気がつかなくても、おかしくはない。

「さあ、僕らも弁当にしようか。今日はねえ、いいところの、買ってきたんだ」

「僕の分もですか？　ありがとうございます！」

曇りかけた智也の心は、牛肉と鮭《さけ》のW盛り弁当で、すっかり回復していた。


うーん、気持ちがいいほどの快晴。そして、刺すほどの暑さ。ジトッとした重い熱は、歩くごとに体力を奪っていく。正直、設営日和とは言い難い。それでも室内イベントだから、葬儀はまだ気楽だ。屋外ライブの設営を手伝った友達は、汗から出る塩でTシャツが真っ白になったとか。

こんな日は、いっそ走ってしまった方がいい。智也は駆け足で駅から会場へ向かう。滞在時間を下手に長引かせるより、さっさと冷房のもとへ行ってしまおう。

「おはよう！　今日はあっつついねえ」

山岸さんが、いつもより力なく笑った。

「そうですね。こんな日に見送ってもらえるなんて、親御さんも幸せでしょうね」

口に出してからはっとする。すっかり、葬儀しぐさが身についていた。

「お邪魔します」

ノックしてから、遠野恵美が入ってきた。約束の時間、一分前だ。何もかもができる社会人の振る舞いだった。これまで、まともに待ち合わせ時間を守れない依頼主も見てきた智也にとっては、ありがたい相手だ。

遠野恵美に黒のワンピースは、果たしてよく似合った。タイトスカートが上品に肌を隠し、大粒の真珠が連なるネックレスは、顔を明るく照らす。あいにく美香さんがいないのでブランドはわからないが、よいものであることは、智也にも察せられる。

「ようこそ、葬儀へお越し下さりました。もうすぐ開始いたしますので、それまでにお手洗いを済ませて、お待ち下さい」

マニュアル通りに智也は微笑んだ。今日は安全そうだ、という期待も込めて。

期待なんてするもんじゃない。開始早々、智也は後悔した。目線の先には、母親の生い立ちが映像で流れている。いつもの光景……のはずだが、今回は様相が違った。すべての写真で、母親の額にピンが打たれているのだ。

「映像なら、私が作れますので」

と、遠野恵美は自家製のムービーを持ち込むことを選んだ。費用がかさむので、映像を自作する依頼主は少なくない。しかし、彼女に限ってはお金に困ってもいなさそうだ。美意識があるのだろうな、くらいに思っていたが……なるほど、母親の顔を、潰した映像にしたかったのだろう。母親の顔はどれもアイスピックのようにピンで刺され、穴だらけになっていた。

そういえばこの人、物騒な歌で登場したんだった……。智也は今さら、初めて出会った瞬間を思い出した。親殺しは七年だ、片親選ぶなら、どっちしよ……。遠野恵美は、両親とも憎んでいるが、ひとまず母親を殺すことに決めたのだ。

「いかにも」な記念館で撮影された家族写真。父親が病に倒れるまで、毎年撮影していたのだろう。穴の空いた母親と対照的に、穏やかな笑顔の父親が目に入る。いつも抱きしめてくれた父親。そして、がんに倒れたことが母親を苛《さいな》み、宗教に傾倒するのを止められなかった無力な父親。

スライドショーでは、父親の葬儀らしき写真も映っていた。変わらず穴まみれの母親が残された無残な写真だが、頬から下はかろうじて残っていた。微笑んでいる……。確かに、母親は穏やかな笑みをたたえていた。あれほど助かるように全力を尽くした夫が、ついに亡くなった情景とは思えない。逆に壊れている、と智也は感じた。

「では、続きまして喪主より、ご挨拶を申し上げます」

よかった。平静を保ったままの声が出せた。智也はほっとした。

間髪を入れず、遠野恵美が立ち上がる。こなれた動作で、前へ進んでいく。会社でもこんな風にプレゼンをしているのだろうか。堂々とした立ち振る舞いには、気品が感じられた。スタンドマイクの座を、遠野恵美へ譲る。

「本日は、日差しも照りつける中、母、遠野一夜《かずよ》の葬儀へお越しくださり、ありがとうございます。母は顕教苑での葬儀を希望しておりましたが、このように無宗教で実施させていただきますこと、どうかご了承ください。母は……母は、愚かな人間です。父の病に耐えきれず、病から逃げた女です。最初は民間療法に、そして顕教苑に。私は信仰心を持つことが最後までありませんでしたから、よく狐憑《きつねつ》きとして、救《すく》い霊《だま》の儀に参加させられていました。救い霊の儀とは、本来なら畜生界、餓鬼界に生まれ変わるべき罪を犯した魂を、御仏の教えで折伏《しやくぶく》することにより、悟りの世界へ導くものとされています。しかし私は、全てを虐待だと受け止めています。

母は、厳格に教え主の教義を守ろうとしました。不殺生、不偸盗《ふちゆうとう》、不邪婬《ふじやいん》、不妄語、不飲《おん》酒《じゆ》の戒律を自分が守るだけでなく、家族にも求めました。たとえ友達の秘密を守るために隠し事をしても、それは妄語だとして定規で叩き、罰することで罪が祓《はら》われ、悟りにつながるのだと信じていました。ですから母には、友達と交わした交換日記も全部読まれて、そこに母の知らないことが一つでもあれば、それが終わりの合図でした。私は友人へ、思ったことを何も話せませんでした。友人づてにも、母へ情報がいくことを恐れていたのです。

今でも……おぞましいと思うのは、母が私の性的な関心を、信者同士で共有していたことです。顕教苑では、四十代の主婦層が活発に信仰しています。それで必然的に、ママ友会のようなものができるのですね。よく、子供を打つならベルトがいい、いや、うちは本の角を使っている、といった話も漏れ聞こえてきました。

それだけならいざ知らず……」

遠野恵美が、口ごもった。しばらく、荒い呼吸音だけを、マイクが拾う。ヒュー、ヒュー。鳴り響く音は、嵐の夜に吹く風のようだ。智也は、台風が来て怯《おび》えた晩のことを思い出した。その晩限り、もう一人で寝なさいと言っていたお母さんが、横で眠ってくれた。恐ろしい風の轟音《ごうおん》から守られていると、お母さんの体温ではっきり感じた。しかし、遠野恵美にとっては母こそが、台風だった。

一分。長い逡巡《しゅんじゅん》のあと、遠野恵美が口を開く。

「私の自慰行為も、監視されていました。母の目の前でするように、命令されていたのです。教え主がそう指導したのか、私にはわかりません。ただ、母の見えないところでそういったことをするのは、邪婬であると、そう母は捉えているようでした。呼び出された日のことだけ、輪郭まではっきりと覚えています。和室に、まるで荘厳な儀式をするように、白い袈裟《けさ》を被った母が正座していました。四方には清めの塩が盛られ、御仏への供物となる、蜜柑《みかん》も積まれていました。そこで、母が、オナニーをしろと、言ったんです。私は……私は小学校三年生でしたから、それがなにかもわからなかった。ですが、母が電気マッサージ器を渡してきて、これを股間に当てろと……」

げほっ、えぶっ、げえっ。遠野恵美が、えずいた。身体《からだ》をくの字に曲げ、胃のあたりをぎゅうっと右手で握りしめている。げえ、げっ。あらかじめ準備しておいた、エチケット袋を用意する。遠野恵美に向けて渡すと、握りつぶすほどの強さで摑んできた。脂汗が照明を反射して、手のひらをぬるぬると光らせる。

辛うじて吐くことはしていないようだが、顔は真っ青だ。智也はちら、と山岸さんを見る。

(ドクターストップ、するべきでしょうか?)山岸さんは、首を横に振った。まだいけるから、続けろ、のサインだ。

はあ、はあ。荒い呼吸は、まだ続いている。マイクから遠ざかった肺と声帯が、それでも聴衆に聞こえるほど呻《うめ》く。つつ、と涎《よだれ》が一滴、床へ落ちた。明らかに過呼吸発作を起こしている……が、遠野恵美は、自分で呼吸を整えようとしていた。

「ふっ、フー。フーーーっ」

荒くなる呼吸を、鼻呼吸で徐々に慣らしていく。とっさの対応から察するに、彼女が過呼吸を起こすのはこれが初めてではないのだろう。相変わらず、手はかきむしるような動作で胸とみぞおちを行ったりきたりしている。だが、目は鋭い。正気の世界へ絶対に戻ってきてやる、という執念の目をしていた。

「……ごめんなさい」

ふいに、謝罪が聞こえた。

「ごめんなさい、ごめんなさい、ごめんなさい……。罪を犯しました。私は……。私は、何度も母に隠れて……。交際も、していないと言いながら、学校では……。ごめんなさい……」

ああ。智也は眉をひそめた。いくら母を客観視したつもりでも、罪悪感はぬぐえないのだ。母に謝りたくなってしまうのだ。きっと、たいしたこともしていないんだろう。中学か高校で、彼氏がいたとか、せいぜいそういうレベルなんだろう。それでも、母親の宗教では何回叩かれるのかわからない。叩かれるだけで、済むかどうかも。

「ごめんなさい、ごめんなさい、ごめんなさい、ごめんなさい、ごめんなさい……」

終わらない謝罪。この人も、最初に出会ったクライアントのように、実家へ帰ったらよい娘をやるのだろうか。智也は思った。まるで葬儀のことなどなかったかのように、母親の信仰に従って、四十歳の処女でも気取るのだろうか。それは、なんて気色の悪い親孝行なのだろう。

「ふ、ふふ……」

儚《はかな》い想像を打ち破るように、遠野恵美が笑いだした。

「ふふ、くっふ……フフフフ。あっはっはっは……ああ、ああ、おかしい。これで救い霊の儀は済みましたね。済みましたよね、お母さん。これで私も悟れそうですかね。うっふっふ。悔い改めて功徳を積めば、どんな咎人《とがにん》へも悟りの道が開かれる。あっはっは、そんなわけないでしょうよ、お母さん、気づいていたくせに。本当はあなたね、逃げたかったんですよ。父親のがんが、お前のせいだって言われることから。そうやっておばあちゃんから叱られていたんでしょう？ 嫌な姑《しゅうとめ》だよね。でもさあ、あなた、弱すぎて対峙もできなかったのね。そして自分のせいじゃない、と言うために顕教苑にお縋《すが》りしたのね。アッハッハ。バカじゃないの？ 胃がんになったのはね、あなたのせいじゃないですよ。でもな、ストレスで父親を追い込んだのも、実家を顧みない娘にしたのも、それはお前の……せいだよ！」

ガシャン！ 献花台が揺れる。遠野恵美が、拳で殴ったのだ。

「お前が、お前が……お前のせいで……！」

遠野恵美は、小さく何度も机上を殴りつづけた。ギリギリの理性が、暴れだしそうな身体を自制していた。リズムに合わせて、燭台が大人しく音を立てる。カシャ、カチャン……。それは、金属が泣いているような声だった。

そのとき。自分でも何故《なぜ》かはわからない。智也は、遠野恵美に向かって、歩きだしていた。

「ちょっと、ちょっとお……」

智也の動きに気づいた山岸さんが、小さく声を漏らした。しかし、智也はなにかに取り憑かれたように、まっすぐ歩いていく。山岸さんは智也を制止しようとして……しかしすぐに諦めて、足を止めた。クライアントをここで刺激してはいけない。

智也はそのまま、笑い転げる遠野恵美を抱きしめた。遠野恵美の、汗でベトベトに濡れた肌と接した。口からは胃液のにおいがする。女の人の香りも、こうしてみると陸上の部室と変わらないな。智也には慣れっこだった。遠野恵美の痙攣《けいれん》は止まらず、天井を見つめて笑う。

「ハハ、ははは……ねえ、おかしくない？　それをおかしいって言えないの？　どうして？　お母さん、あなたって人は本当に、死ぬまで自分に向き合う力を持てないグズなのねえ？　自分の娘が性的に自立することも、隠し事をすることも受け入れられないなんて。それでよく、子供を産もうだなんて気を起こしたものだわ。お前はね、母親になんてなる資格はないの。せいぜい可哀そうな子羊なり何なり、教え主に縋って死ぬまで幻想を見るがいいわ、うふふふふふ……」

遠野恵美は、小刻みに笑い震えている。それに合わせて、燭台がゆらゆらと影をなびかせた。

智也は力強く、遠野恵美を抱きしめている。それは、母親の表情だった。

「あのねえ……。さすがに、困るのよ」

智也は通常なら直帰で良いところを、オフィスに連れ戻されていた。

「すっ、す、すみません……！」

美香さんはボサボサの髪を手でとかしながら、机に腰掛けている。智也は目の前でこれ以上小さくなれっこない、というほど肩をすぼめていた。頭は深く垂れ過ぎて、首が折れそうに見える。

「私はですね。正直、しこたま怒りたいところです、が。もう何が悪いか、自分でもわかっている子には怒りません」

「はい……」

「それより、事情を知りたいな。どうしてこんなことを？」

智也はおずおずと、顔を上げる。美香さんの顔は険しいが、激怒しているわけでもなさそうだ。思ったより理性的に受け止めてもらえたことに、深く感謝した。

「それが、自分にもよくわからないんです。ただ……」

「ただ？」

「ただ、遠野さんが子供に見えたんです。言っていることが変なのはわかっています。遠野さんは四十代で、自分の母に近いくらいの年齢ですし……。でも、笑って震えている遠野さんを拝見したときに、この子を守ってあげなきゃ、って思ってしまったんです……」

美香さんは、天井を見上げた。昔ながらの、穴がぽつぽつと空いた板張りの白い天井。

「うーん……それはね、優しいね。でも、相手にとってそれが良いことかは、わからないかもね」

「そうなん、ですか」

美香さんは、頰をポリポリと掻いた。そして、往年の名探偵が推理しているような顔つきになる。

「確かに、模擬葬儀をご依頼くださるお客様はその場で母親の幻影を見る。幻覚とまでは言わないけれど、気配というか、イメージっていうか……想像しながら葬儀をするわけでしょう。そこには長年の恨みつらみがある。それを解消するための儀式が、言うなれば模擬葬儀っていうわけで。でもさ、そこでもし誰かが手助けしたら、その人は『模擬葬儀で助かったんだ』と思うんじゃなくて、『智也くんが助けてくれた』って思っちゃうかもしれないのね」

考えてもみなかった。智也は、一介のアシスタントに過ぎない自分が、個人として認識されるとすら思っていなかった。

「で。だ。そしたら、その人は次に辛くなったらどうする？　また智也くんに頼りたいって、思っちゃうかもしれないよ。そしたら、それは自分で回復したことにはならない。あくまで自力で親とケリをつける。それが、模擬葬儀の目的なのにね」

「すみません……でした」

「ううん、助けたくなる気持ちはわかる。私も、何度手を差し伸べたいって思ったか。でも、そういう人はカウンセリングを受けなきゃいけないんだよね、きっとね。私たちの支援できる範囲を超えてる。そういう線引きは、きちんとしておこうよ。そうしないと……」

「そうしないと……？」

「いつか、相手に心ごと飲まれるよ」

背筋が凍った。苦しみを抱える当事者を助けるつもりで、自分が飲み込まれるかもしれない。シェイクスピアだっけ、「深淵《しんえん》を覗く者はまた深淵に覗かれている」みたいなことを言ったのは？　自分がまさにその淵《ふち》に立ったのだということに、智也はようやく気づいた。

「それ、ニーチェだよ」

呆れ顔で七海が言った。

「シェイクスピアって。劇作家と哲学者じゃ、ジャンルすら違うって。そういう格言とか知ったかぶりで喋《しゃべ》って、間違ってるの最高にカッコ悪いから、やめときなよ」

大学のカフェテリアは混雑していた。この季節は中庭に出ることもままならない暑さだから、休み時間は学生がカフェテリアへ殺到するのだ。試験期間中ということもあり、各々のテーブルにはノートとコピー用紙が散乱している。智也も例外ではなく、人から借りたノートのコピーに付箋を貼っていた。テスト勉強で久しぶりに顔を合わせたから、近況報告のつもりで先日の話を七海にしてみただけだ。

「言ってないって！　そのとき思っただけだから！」

「いま、私に言っちゃったじゃん」

むう……。智也は口をへの字に曲げた。

「それはさあ、七海だから言えるっていうだけで」

「へ？」

「あ、いや、そういう意味じゃなくて」

どういう意味だよ。と、七海の怪訝そうな顔が語る。

「はあ。なんでもいいけどさ。で、インターン先で、深淵覗いてきたわけか」

「覗いたっていうか……一方的に覗かれただけかも……」

七海はノートに引いていた、蛍光ペンを動かす手を止めた。

「あのさ、前から思ってたんだけど」

「なに」
「…………いや……。……あ、智也ってさあ、結構自分のこと、頭いいとか思ってる?」
「思ってないって。むしろ筋肉バカでしょ、俺」
「そっか。だよね、私もそう思ってた!」
「それはそれで失礼だよ……」
七海は笑った。しかしその笑顔は、心配する母親のようだった。追って何かを話そうとした瞬間、テーブルに置いた智也の携帯が光る。通知が来ていた。
智也は認証を解き、通知を見る。山岸さんからだった。
山岸さん〈この前はお疲れ様。いろいろ大変だったね。さっき、遠野さんからお礼のメールが来てたよ〉
智也〈大丈夫ですか〉
山岸さん〈モーマンタイ。すっきりしました、これで仕事に邁進《まいしん》できます、ってさ〉
智也〈良かったです。ありがとうございます!〉
よかった。変な影響を与えずに済んだ。自分の影響力が小さくて、ほっとした。

智也が顔を上げると、七海はテスト勉強に戻っていた。

「ねえ、七海」

「なに？」

「モーマンタイって、どういう意味？」

「さあ？」

第五章

〝すべてを終わらせましょう、コーヒーにウォッカと生クリームを載せて。醒《さ》めながら泥のように眠りたいのです〟

――七海はモップで床を掃除していた。アルバイト先で流れるＢＧＭの歌詞が、今日はやたらと耳に残る。どこかで聞いたことがあると思ったら、かつて流行《はや》った曲が、ボサノバ調にカバーされたものだった。七海が生まれる前のことだが、やたらウツっぽい曲が流行った歴史は知っている。開店前、真っ暗な店舗で聞くと、心象風景もなかなかの曇天だ。

うーん、よくない。もうすぐ時間だった。ランチタイムの十一時は、午後の授業を受ける学生がどっと押し寄せる。だから準備を万全にしておかないと、ランチの戦争は乗り切れない。キッチンでは仕込みが慌ただしく進み、キャロットラペに混ぜ込まれたオレンジピールが香った。新鮮な柑橘《かんきつ》の香りが、七海がさまよう雲に切れ目を入れ、太陽を差し込ませる。

さあ、目を覚まして。そろそろエンジンをかける時間でしょ。掃除道具を片付け、テーブルに上げた椅子を床へ下ろす。店の外に出た。九月も下旬とはいえ、しつこいほどの残暑が押し寄せる。七海は急いでホワイトマーカーのキャップをひねり、〝秋の限定メニュー　栗ときのこのクリームパスタ〟と店外パネルへ書き込んだ。あとは照明を点《つ》けて「営業中」の看板を表に出したら、もう開店だ。

「いらっしゃいませー!」

笑顔で応対した七海の一番客は、智也だった。いや、本当に智くんだろうか? 七海は目を疑った。それくらい、以前とは顔つきが違っていた。

智也の肌は白く陶器じみて、頰も前より少しこけていた。そのくせ、腕の筋肉はがっしりして、アンバランスこの上ない。ジムで鍛えすぎたとか? いや、それにしては目に力がないというか、覇気が失《う》せているというか……くたびれた会社員みたいだ。以前、この店で話したときの智也は、もっと子供っぽかったし、服もカジュアルで……。そう、服だ。智也はライトブルーのワイシャツに、センタープレスのあるテーパードパンツを着こなしていた。これでは大学二年生というよりも、社会人三年目のいでたちだ。あまりにも、スーツっぽい服に寄りすぎている。

カウンターに座った智也は、やっぱりちょっと変だった。メニューを見ながら、おおよそメニューとは関係ないひとりごとをつぶやいている。慌ただしくお客様対応をする後ろで「……そう、遺産が思いのほか……」という声だけが聞こえた。遺産。なにごと？　智也の家についてはそこまで知らないが、高級車で通学するくらいの極端な大金持ちなら、それなりの噂になってもおかしくない。そうならないということは、まあまあ普通の家庭なんだろう。遺産。あまりにも学生らしからぬ語彙。

そこから先をどうしても聞き取りたかったが、別のお客さんの手がこちらを呼んでいる。七海は諦めて挙げられた手の方へ向かう。その後、智也はカルボナーラを頼んだ。何もおかしくない。けれど、何かがこれまでと違う。そもそも、あいつカルボナーラとか頼むクチだったっけ……普段はもっとガーリックのがっつり入った、ペペロンチーノとかアラビアータを選んでいたような……。いいや、これは思い過ごしかもしれない。彼のお気に入りを覚えるほど、七海は偏執的な感情を抱いてない、はずだ。

ああもう。聞きたいことがたくさんあるのに、そのまま智也は退店してしまった。いつもなら休憩時間まで、忙しさで飛ぶように時間が過ぎる。それなのに、時間は遅々として進まない。時計の分針を思わず睨んでしまった。ええい、出席点のためだけに、つまらない授業へ出ているんじゃないんだから。それにいつもなら、大量に積まれた食洗機の皿を片付けるのは好きだった。一気に部屋が片付くような爽快感があるからだ。だが、今日は違う。作業を手早く終わらせて、智也へ連絡したかった。智くん、どうしちゃったの。と、伝えるために。

　エプロンを脱ぐのもうっちゃっておいて、七海はスマホへ手を伸ばした。顔認証がうまくいかず、パスコードを手入力する。こういうときに限って！

七海〈今日は来店ありがとう〉

　メッセージは、すぐ既読になった。

智也〈うん、相変わらず美味《おい》しかった！〉

　文面は普通なんだよなあ……。七海はエプロンを脱ぎながら鼻でフスーッとため息をつく。

七海〈今日やけにフォーマルな感じだったじゃん〉

智也〈授業のあと仕事があって〉

　仕事。前に話していた長期インターン、だっけ。

七海〈そっか。びっくりしたわ。なんか〉

　なんか……。なんかで終わらせていいわけがない。七海は少し考えてから、指を動かした。

七海〈おかしくない？　最近。学校とか全然来てないし〉

智也〈そっかな。最近忙しくて〉

七海〈インターン？　あれ、大丈夫？　なんかこう……急に変わりすぎてない？〉

智也〈そうかな？　いろいろ勉強になってるけど〉
　思ったよりもつっけんどんな対応だった。
七海〈何の悩みだか知らないけどさ。インターンって楽しく成長できるのがいいところじゃん。なんか今日の智くんは楽しいっていうか、疲れてるように見えたから〉
智也〈大丈夫〉
　こんなに大丈夫じゃない大丈夫って、あるだろうか。
智也〈楽しいから〉
〝楽しい〟も、ちょっとした拒絶に見える。
七海〈そっか〉
　目を閉じて一秒。七海は携帯をカバンへ放り込んだ。なんか、私たち、もっと仲のいい友達だと思ったんだけどな。不用意に、彼のプライバシーへ踏み込みすぎてしまったのかもしれない。ただ、智くんのそれは成長というより、変なサークルに入っちゃった友達に似ている気がする。
　七海には、たまり場があった。大学一年のとき、使っていない教室で毎週、サステナビリティや環境について話し合うゆるい集まりがあったのだ。ちょうど授業で環境問題に関心を持ち始めていた七海は、一も二もなく参加した。最初は各々が、国連の活動や企業の取り組みを調べて話すまっとうな会だった。しかし、参加者の一人だった青《あお》ちゃんが「エコ」という名前の外部サークルにも参加してから、世界は百八十度変わってしまったのである。

青ちゃんは「エコ」で、日々真剣に地球の未来について話し合っていた。だから青ちゃんが誰よりも最先端の環境ニュースに詳しく、集まりは青ちゃんの言葉を中心に回っていた。そのうちに青ちゃんは、集まるよりも一緒に暮らしたほうが早いからと、エコの人だけが住むシェアハウスへ移った。エシカルな環境で生産された水と食料で暮らし、代わりに月十五万円を納める。シェアハウスにしては、家賃が高すぎない？　と、疑問を呈した七海に向かって、青ちゃんがこう答えたのだ。

「大丈夫。楽しいし、成長できるし。食べ物ももらえるから、十五万円は決して高すぎるってことはないと思うよ。代表がね、世界中を渡り歩いてきれいな磁場を探して、そこの素材だけを使って調理するの。世界中をめぐって最高の食べ物を探すだけで、かかる費用はとんでもないよね。だからむしろ、家賃十万円で、食費五万円はありがたいくらいだって、みんなで話してるんだ」

青ちゃんが大学へ来なくなったのは、それから数か月後だった。例のゆるい集まりは、青ちゃんがエコの食品を猛烈にプッシュしだしてから人が離れ、静かに解散していた。さらに少したって、エコがニュースに取り上げられた。検索しても悪評が出てこないように、一般名詞の

「エコ」を名乗っていることや、実際は環境に配慮したと謳《うた》う商品のマルチ商法であることも、そこで知った。

「……知っちゃった、からさあ」

今度は黙って見過ごしたく、ない。七海はメッセージを、別の相手へ書き始めた。

智くんに、もっとちゃんと「ちゃんとしたところで働けてるの?」って、訊いておけばよかった。いや、もっと前。求人を一緒に見に行けば良かったかな。でも、そこまでズケズケ言っていい仲だっけ。私、別に智くんのお母さんじゃないし。

それから数日、七海はよく眠れなかった。数日モヤモヤを放置したころ、光明が見えた。友達の友達の友達……というほとんど他人をたどって、求人掲載を担当する学生と知り合えたのだ。

七海は知らなかったが、求人管理や掲載も、大学公認サークルが請け負っていたという。そこで、求人管理をしている学生に知り合えたのだ。

求人担当の生徒とは、食堂で待ち合わせた。「いかにも、って感じの人だからすぐわかると思うよ」と、友達の友達には言伝《ことづ》てられていた。たしかに。事前に顔を調べてはいなかったが、ひと目見てすぐにわかった。タックインしたシャツに紺色のチノパン。大学公認の組織に属することを選ぶ、半官半民っぽさとでも言うべきか。私立中学校の制服のまま、大学へ来ているような生真面目な人間が、こちらへ向かってきたからである。

その彼が、

「求人系の問い合わせは、よく貰《もら》うし。慣れてもいるから、気にしないでください」

と、こともなげに相談に乗ってくれたのは僥倖《ぎょうこう》だった。西日が当たる食堂は、人もまばらだった。ここなら、大事な話をしたところで、誰も聞いていないだろう。

「いきなりすみません。あの、私の友達が……結構変な顔つきになっちゃって。学内掲示にあった長期インターンに入ってからなんですけど。ちょっと、なんていうか宗教とかマルチっぽい……感じの?」

相手の目つきが変わった。冗談みたいに真面目一辺倒なメタルフレームのメガネをしている瞳が、枠の中で細くなる。彼は親指と人差し指でずれた眼鏡の位置を直しながら、ねちっこく語りだした。

「それは。けっこう大きな問題かもしれないですよ。うちは求人を一応審査してます。検索したり、これまでの実績を見て。家庭教師みたいな一般家庭からのご依頼を除くと、OBOGが一人も入社していないところからは、原則求人をお断りしてるんで。つまり斎藤《さいとう》七海さんの言ってることが本当なら、うちの卒業生がなにかやらかしてるって、ことになるんです」

たしかに。これは学内求人だから、変な団体へ学生を紹介するわけにはいかないのだ。下手な場所へ学生を斡旋《あっせん》したとなれば、大学公認機関としてはスキャンダルになってしまう。七海は相手の顔をじっと見た。「知らずに済めばよかった」という思いと、「知ってしまった以上、正しい情報を調べなくては」という使命感で揺れる表情だった。もしかして、味方っていないのかもしれない。七海は息を吐きながら自分の膝を見つめた。

「でも、そうと決まったわけじゃないので……。あの、確かめたいんです。今年の春ごろに出していた求人の履歴を見ることはできませんか。個人情報があれなら、問題ない範囲でもいいですから」

こんな依頼は初めてだろう。そもそも、部外者に求人資料を見せていいものか。相手も考えあぐねるようだった。しばらく考えているしぐさをしてから、彼はこう答えた。

「こちらで調べるとなると、いちいち求人を出していただいた方へお電話して、確認してっていう作業になっちゃうかもしれないので……。代わりにご覧いただけるとなると、正直ありがたいっちゃありがたい……。ま、さすがに個人の募集はお伝えできないと思いますけれども、会社の社名だけなら、いけるかもしれないですね。とりあえず、うちの部長に訊いてみます。今すぐ部長へ打診するので、数日以内には教えられると思いますね」

「ありがとうございます……」

「ところで、このことは周りの方は、もう知っているんですかね？」

七海は首を小さく横に振った。それを見た相手がほっとしたように、顰《ひそ》めた眉を元に戻す。

「そうですか。でしたら、今後はあんまり広めないよう、お願いしますね。とにかく、まだ何も決まっていないわけですから。妙な噂ばかり広がっちゃって、みんなが不安がっちゃうようでは、心配ですしねえ……」

家路に就いたころには、もう暗くなり始めていた。あまり気を遣うコミュニケーションに慣れていない七海にとって、猛烈に疲れる会話だった。

なんなの、あいつ。保身ばっかり考えちゃって。智くんが無事かどうかなんて、どうでもよさそうに口止めばかり。自分と同じ大学の生徒が、危険な目に遭っているかもしれないっていうのに！

ああ、こうイライラするときは、誰かとご飯に行きたい。智くんみたいに結構ヒマしてて、呼べるやつって、いてくれるとありがたいんだけど。今日はその智也のせいで、足取りが重い。疲れているせいで怒りまで湧いてきて、そもそも智くんが悪いのだ、と思えてきた。

インターンに行く前は行く前で、「ああ、この人って放っておいたら理由もなく留年とかしちゃって、つまんないからって理由で大学そのまま止めちゃったりしそうだな」って思って、親切心で声をかけたんだけど。それがなんで、こんな疑心暗鬼に。とはいえ、正義感だけではない。七海のかすかな好奇心も疼《うず》いた。人がこんなふうに変わっちゃうのには、どんな事情があるんだろうか。今度こそ、私は「青ちゃん」を救えるだろうか。

マンションの扉を開け、そのままの格好でベッドへ倒れ込む。とはいえ今日は、何も考えたくない。そのままこんこんと眠り、気付けば翌昼だった。

体はまだ鉛のように重いが、焦ったときは飛び起きられるものだ。午後の授業へ駆け込みセーフで滑り込んだ。そうして倦怠感《けんたいかん》と戦いながらタブレットに講義メモを書いていると、メッセージの通知がきた。案外、あっさりと部長の許可は下りたようだ。

届いたファイルを開くと縦一列に、今年の三月から五月にかけて募集がかけられた求人会社一覧が掲載されていた。思ったより、まともに整理されたデータでほっとする。七海は誰もが知っている会社をひとまず除去して、あまり知らない会社へ背景色をつけていった。黙々とファイルをいじる七海は、はたから見れば真面目にノートを取っている学生にしか見えない。

その指が止まる。一社だけあからさまに、怪しい会社があった。

《ハピネスエンディング株式会社》

「……消費者金融？」

七海は唇の動きだけでつぶやいた。ていうか英語、間違ってるし。

怪しむより、調べたほうが早い。七海はそのまま「ハピネスエンディング」をＳＮＳで検索する。ところが、何の情報も出てこない。公式SNSを持っていないのだろうか。ガッカリしながら、ダメ元で普通の検索にかけたら、あっさりと公式サイトが出てきた。灯台下暗し……。そうして選択した先には、七海の知らない世界が広がっていた。

《弊社は、来たる日の前に葬儀を体験する「模擬葬儀」専門の葬儀社です》

——なに、それ。

七海は画面を見つめたまま、数秒固まった。簡単に言っちゃえば、家族が、生きている間に葬儀をするってこと？　それって合法？

「模擬葬儀　とは」

「ハピネスエンディング　評判」

「ハピネスエンディング　口コミ」

検索の候補が並ぶ。七海の瞳孔に、模擬葬儀の文字が映りこむ。まずはどれから見る？　まずは無難に、「模擬葬儀」の用語を調べてみるか。

《自分の葬儀を、死ぬ前に体験してみることで、お葬式の流れを知るものです。》なるほど、葬儀のリハーサルね。七海にも合点がいった。たしかに、自分がどんな風にお葬式で見送られたいかを考えてみるのは、夢があるかも。調べてみると、自分で音楽や花、そして衣装までプロデュースできるらしい。

うーん……。そうね、私なら大好きなキンギョソウとチューリップに包まれて眠りたいし、BGMは好きなアーティストのバラードを選びたい。お葬式と言えば菊の花って言うけれど、自分が菊に興味ないもの。もし死んだ後に意識があったら「これが私の葬儀かあ……」って、ガッカリしちゃうかもしれない。

人生で最大のイベントって誕生と、結婚と、あとは死ぬことだよね。そこに夢を託したいっていうのはわかる。お葬式っていっても、どういう流れで何が起きるか、ピンとこないから、模擬……リハをしてみたいって気持ちもわかるよ。だから、こういうサービスが生まれたのだろう。豪華なお葬式じゃなくてもいいから、家族が楽しく集えるような会にできたらいいなあ……とか、思いながら模擬葬儀を経験してみるのだろうか。記事をさらに読む。鬱状態にある人が模擬葬儀を通じて自殺を思い留まったなんていう話も、韓国では報告があるとか、なんだかセラピーな話まで書かれている。模擬葬儀もやり方はさまざまで、場合によっては棺の中に入れるサービスもあるらしい。やってみたいとは言えないけれど……ドキドキする。

「案外、面白い……」

改めて、ハピネスエンディングのサイトへ戻る。たしかに、トップページで紹介されているのは「自分の模擬葬儀」だった。模擬葬儀の体験といっても、集団で行う安価なお試しイベントから、個別でお花を選んだり、希望すれば本人の思い出映像を流したり、読経や焼香までやってもらえるプランまで幅広い。個別プランはだからこそ価格も本格的で、最低価格が十九万円。これなら、小規模な実際の葬儀もできてしまうのではないか。

世の中には葬儀のリハーサルまでして、自分の夢を完遂したい酔狂な人がいるものだ。いわゆる、富裕層向けビジネスね。七海は小さく頷いた。

そして、ふと、メニューの端に「ご親族の方へ」というボタンを見つけた。親族向けに、模擬葬儀を説得するページだろうか？　閲覧してみる。

七海の予想は外れた。

新しく、親族が家族の模擬葬儀を行うサービスの紹介文が現れる。七海は「超大物芸能人や政治家が、大規模な葬儀をする前のテストかな」と、少し想像した。

《喪主として、ご家族の模擬葬儀を体験してみませんか》

遠回しに書かれてはいたものの、文面が示す答えは、七海が想像する範疇《はんちゅう》を大きく超えたものだった。

《ご家族が亡くなるという事実は、思いがどうあれつらいものです。そして人の寿命は見えませんから、心の準備もできぬまま、葬儀で初めてご家族の死に直面させられるケースは、少なくありません。ご家族をきちんと見送りたい。そう思っていても、叶わないことも多々あります。

たとえば、どうしても伝えたかった言葉がある方や、伝えておきたかった気持ちが残っている方。そういうお客様が葬儀へ向かわれると、果たせなかった思いがしこりとなって残り、何年も、ときには何十年も苦しまれることがあります。

弊社は、そういったお客様がご本人には伝えられない思いを模擬葬儀の場にて語ることで、癒やされていただきたいと考えております。長年の経験を重ねたプロのスタッフが、無料カウンセリングでご家族との思い出をお伺いいたします。

お客様が喪主としてお話しされることで、ご親族との過去を振り返り、ご自身の思いに変化が生まれますよう、誠心誠意サポートいたします。まずはお気軽にお問い合わせください。≫

なんて綺麗でひどい言葉なんだろう。七海は、何度か文章を黙読した。さらりと読んでしまえば、まるで家族へ「ありがとう」を伝えたかった人が、こっそりと感謝を伝えるイベントにも見える。

しかし、そうでない人にとっては、違うメッセージに映るはずだ。家族を恨み、伝えたい呪いの言葉がある人。とてもではないけれど、生きている家族へ復讐は望んでいない、もしくは復讐する勇気がない人への折衷案としての、模擬葬儀。

これか。疑問が氷解していく。なぜ、親子愛を見せるドラマの展開に、疑念を挟んできたのか。なぜ、最近は大学へ来てもそそくさと〝次の予定〟へ向かうのか。なぜ、フォーマルな服を着るようになったのか。なぜ、七海に向かっては「大丈夫」としか言わないのか……。

七海が、反対するとわかっていたからだ。

こんなの、嫌だなあ……。七海は小さな「い」の形に口を歪《ゆが》める。こんなの、綺麗事ばかり書いてあるけれど、ありていに言って、空しいだけだ。いくら合法だからって、引き受けていることは呪いと変わらない。だいたい、模擬葬儀なんてしたところで、親子関係が癒やされるわけない。だってどんなに憎い相手が死んだと思い込んだって、嫌いな人はそこに、生きているのだから。

だったらその家族ととことん話し合って、向き合って、解決すればいいじゃない。家族って互いに支え合ってこそじゃない。子供のことを愛していない親なんて、いないんだから。ぶつかり合うところも含めて、家族なんだよ。七海は歯を嚙みしめる。

私の両親だって、そりゃ不器用な面もあったと思うけれど、やっぱり私のことを大事にしてくれているのは伝わるよ。小学校六年生くらいの、反抗期だった頃は親を無視したこともあったけど……。

生きている間だからこそ、そのときの親の気持ちだって後から理解できるのに。親を死んだことにして片付けようなんて、それは親との関係と向き合っていないのと同じじゃない？　それに、それによ。よしんばそういう人がいたとしても、そんなものに私達が関わる必要ってある？　それとも、智くんって家庭事情、実は複雑なの？

七海はぼそっと呟いた。

「模擬葬儀、行ってみようかな……」

最近、片手で折りたたみテーブルを運べるようになった。両手で二卓を一気に抱えられるから、準備の速度が上がる。スーツの裾をひっかけて穴でも空いたらどうしよう、という悩みも、テーブルの脚を外側に向けて持てばいいだけのことだと気づいてからは、かなり動作が早くなった。心なしか、腕の筋肉もついた気がする。高校陸上を怪我で引退してから、なまった体が取り戻されていく感覚がある。いっときは大学の最寄り駅を出るとき、階段を上がるのがだるいなあ、と思っていた春ごろが嘘みたいだ。

「智也くん、なんかたくましくなった？」

山岸さんが、ダンボールを荷解《にほど》きしながら話しかけてきた。

「そうなんですよ。何か前より力ついたなって感じで……」

「はは。ウチの仕事って結構、体力勝負だもんね！　智也くんが入ってくれたころは、心配しちゃったよ。こりゃ、初回でギブアップかなって」

「え。そうだったんですか。もしかしてそれで気を遣わせたりしてました……？　申し訳ありません……」

「ないない。むしろ、智也くんは気を遣いすぎ。そういう言葉は、ウチに正社員で入ってから言ってね。あ。でもそんときは、百回言ってね？」

智也は笑いながら、山岸さんを見上げた。こういう返しができる大人になるには、どうしたらいいんだろう？　かく言う智也も、自分が急速に世間慣れしてきたことは自覚している。出勤のたびに、お客様の修羅場を見るせいだろうか？　最近、なんとなくだけれど、相手の顔を見るだけで「何をしてほしいか、どんな言葉をかけてほしいか」が見えるようになった。今はそっとしておいてほしいとき、これは話を聞いてほしいとき、そして、抱きしめてほしいとき。スタッフはもちろん、お客様の体に触れることはない。だから代わりに「側《そば》にいますから、大丈夫ですよ」と声をかける。

これってもしかして単に……〝病んでる人慣れ〟しただけ、かも。自分の成長は嬉しいけれど、このままだと性癖とか歪んだりしないかな……。

智也の悩みとは裏腹に、動かす手は速かった。組み立てられた長テーブルには白布が敷かれ、焼香台と花が添えられる。今回、〝故人〟になるのは美容家で有名な方とあって、お線香の代わりにマリアージュ・フレールの紅茶を模したフレグランス香が焚《た》きしめられ、供花はすべて薔薇《ばら》、それも薄紅の上品な彩りが部屋を圧倒する。

「なんか、結婚式場みたいだねえ」

「美香さんから、メッセージ来てました。せっかくだから、写真撮っといてって」

智也はメッセージ画面を山岸さんに見せる。本文の後には、よろしくう！　と、ゆるキャラの画像でスタンプが貼られていた。

「あらあら。ま、美香さんこういうの好きそうだもんね」

「あ、そうなんですか？」

「そ、そ。ああ見えて意外と少女趣味でさあ、この前なんか……」

会議室の扉が開く音がした。山岸さんはピタッと声を止める。仕事の時間だ。智也は扉へさっと走り、恭しくお辞儀をした。

「お待ちしておりました、阪口《さかぐち》様。ようこそ。葬儀場へ」

何もかもつつがなく終わった日だった。つつがない、というのは模擬葬儀の場合、お客様が思う存分ストレスを発散した……ことを意味する。客が帰った後の会場で、薔薇は無残に引き裂かれ、花弁は床に撒《ま》き散らされていた。これだけを見れば凄惨な光景だが、会の途中、喪主が引きちぎった薔薇が舞うさまは、楽園のニンフが踊っているように美しかった。喪主の回転に合わせて薔薇の茎は弧を描き、遠心力に沿って空へ舞った。花弁は指先をすりぬけてひらひらと場を埋め、不規則な動きで激情を演出した。叫びとも鳴き声とも似つかない喪主の声は、神に捧《ささ》げられる原始的な祈りのようだった。

号泣と花嵐。アロマティックな紅茶の香り。創られた美しい舞台には、地道な裏方の腐心がある。この事態を想定して、智也と山岸さんは事前に薔薇のトゲ抜きと格闘していた。無残にも散り尽くした薔薇にはかわいそうだが、下準備に意味があったと考えれば、役目を立派に果たしたとも言える。誤って親指に刺したトゲの赤らんだ傷痕を見ながら、智也はたいそう満足していた。

智也は箒《ほうき》とちりとりで花弁をかき集め、花束のゴミ袋を作る。濡れた花弁は、なかなか箒でも動かない。途中からは横着してちりとりで床を掬《すく》った。ちりとりはスコップのように花弁を拾い上げる。可憐《かれん》なピンク色でゴミ袋はいっぱいになった。智也は春色の袋を抱えて、山岸さんの待つバンへ詰め込んだ。

「これで全部です」

「ありがと。じゃ、事務所向かうよお。智也くんも今日は事務所まで来れる?」

この後、授業があったはず。午前からの現場で、ギリギリ間に合う計算だった。カレンダーを見るが、必修科目ではない。

「あ、はい。何かあるんですか？」

「うん。美香さんがちょっと話したいって」

あれ。僕、何かやらかした？　ザワザワする心とは裏腹に、智也は笑ってみせた。

「せーの。智也くん、しょ〜〜〜きゅ〜〜〜〜!!」

美香さんが高らかに叫んだので、スタッフ全員が一瞬、美香さんの方を見た。ちょっとした拍手が起きる。

「ショーキュー？」

「そう。昇給。なんだかんだ、もう働き始めて結構たったでしょ？　だから時給、百円アップね。智也くんは結構シフト入ってくれてるから、月給で考えるとそこそこ変わるんじゃない？」

智也にも、ようやく理解が追いついた。インターンでも昇給って概念があるのか……！　じわじわと笑みがこみあげてくる。智也にとっては、香炉灰をただのゴミと間違えて捨てそうになったり、故人の思い出動画が音ズレを起こして冷や汗を一生分流したりと、とにかく慌ただしい半年弱だった。身についたのは「失敗したって、なるようにしかならない」という現場の度胸と、部活をやっていたときとは別種の体力だけかもしれない。そんな自分がまともに評価された。不覚にも、泣きそうになっていた。

「時給は今月分から反映されるから、よろしくね。それから……ぱんぱかぱーん！　サプライズ！　智也くんご指名で、お礼状が届いておりまーす！」

美香さんが、プリントアウトされた紙を智也へ渡す。メールを印刷したものだった。タイトルに「御礼　先日の模擬葬儀について」と書かれているのだけが目に入る。

「今日はこのプリントを読んだら、帰っていいよ。個人情報で持ち帰れないから、ここで読んでいってね。お疲れ！」

美香さんは閉会の合図か、パチンと両手を合わせて席へ戻った。智也は、事務所の簡易椅子に腰掛ける。文面にはこうあった。

＊＊＊

ハピネスエンディング株式会社
石橋　美香　様
佐々木　智也　様

お世話になっております。

以前お世話になりました志方《しかた》です。

この度は、父の葬儀を執り行ってくださりありがとうございました。

以前、母の葬儀でお世話になったときもですが、二回目の利用においても御社のスタッフに心から慰められ、とても感謝しております。


私にとって父は長年、気が向いたら私を殴るだけの人でなしでした。

それでもやはり、父が自分を愛しているのではないかと、この葬儀をお願いさせていただくまでは、期待していた面がありました。

しかしながら、模擬葬儀を通じて過去の経験を改めてすべてお話しさせていただいたことで、改めて父が親として未熟な人間であり、誰かに愛情を注ぐほどのパワーを持っていなかったのだ……ということに気づくことができました。


準備を進めていく中でどうしても落ち込みが激しく、いっときは布団から出ることも難しくなっていた私を、メールやお電話で何度も親身に支えてくださった佐々木さんには、心から感謝しています。

佐々木さんは、

「もう思い出したくないんです。どうせ私は愛されてこなかったんですよ。誰も、私のことをこれまで真剣に愛してくれた人なんていなかったんです。もう死んだほうがいいんです。だから、葬儀はキャンセルしたいんです。だってもう、私が死んじゃうんだから」

と、泣いている私に電話口で、

「なんで、志方さんまで、ご自分で志方さんのことをいじめるんですか。お父さんが志方さんを傷つけてきたからって、志方さんご自身まで、志方さんを見捨てる必要なんか、ないじゃないですか。そのまま自分で自分を傷つけるのは、もうやめにしませんか。葬儀を乗り越えて、可哀そうなお父さんを、志方さんが卒業したっていいじゃありませんか」

と、声をかけてくれました。


その言葉に、私は救われました。

おそらくこういうサポートは、御社の業務のサポート範囲を大きく超えたことだったと思います。

しかし、そのおかげで私は、葬儀当日を迎えることができました。そして、完全に解き放たれたわけではありませんが、以前より父や母のことを考えずに過ごせています。

佐々木さん、そしてスタッフの皆様、本当にありがとうございました。今後も模擬葬儀があることを、同じ苦しみを抱く人がいたときには、紹介できればと思います。

また、私もまだ親を苦痛に感じつづけるようでしたら、再度葬儀をお願いさせていただけますでしょうか。

まだ、完全に親から卒業することは、できないかもしれません。それでも、今は私、生きたいと思っています。佐々木さん、ありがとうございました。

今後とも、何卒《なにとぞ》よろしくお願い申し上げます。

志方　実乃梨《みのり》

＊＊＊

涙がスーツに落ち、染みを作った。次々と溢れた。鼻水も降りてきたので、慌ててティッシユをデスクから取って、鼻を覆った。山岸さんがそれをちらりと見て、目を優しく細めた。そして、智也は今日のレポートを書き始めた。

第六章

智也は寒がりだ。近頃の夜は少し冷えるというのに、今回の「現場」は外で、それも夜間。屋外の設営も初めてで、心もとない。

さらに、今回は「お坊さんの手配」が作業リストに載っていた。まったくもって新しい業務だ。親が生きているうちに葬儀をしようとする顧客は、大体が無宗教風を選ぶ。智也がこれまでに担当した葬儀でも、僧侶を呼んだケースはなかった。

外で葬儀、しかも僧侶あり。現場慣れしてきたと思った矢先に訪れた、新たな成長の機会だった……とでも、思うしかない。智也は小さく、「だあ……」と声を漏らした。寺へ何十件も電話をしては、すでに断られていたのだ。

「ごめんねえ、いつもなら、懇意にしている住職さんがいらっしゃるんだけど」

事務所で美香さんは、大げさなほど手を合わせてきた。合掌の向こうに「でも、きっと智也くんなら手配くらい、できるでしょ？」という、きらりとした目を添えて。これまで供花の注文くらいしか出してこなかった智也も、これには首を縦に振るしかない。

「大丈夫です、やってみます。『本番』って、いつでしたっけ」

「それがねえ、二週間後なの」

「にしゅうかん⁉」

美香さんは、下げる頭をますます深くした。

「ほら、いまって冬のちょっと手前でしょう。冬季うつっていうのがあってね、人って季節の変わり目になると心がつらくなっちゃうのよ。それでバタバタッとご依頼が増えてね。普段ならこんなスケジュールで回さないんだけど、どうしても今回ばかりは……お願いっ！　これが終わったら焼肉でもお寿司《すし》でもっ、奢《おご》るからっ！」

高校生を買収するような手口で説得しないでくださいよ。半ば呆れつつも、いつも美香さんの懇願には全敗してきた。そして、この有様《ありさま》である。

生きている人間を弔うなどという試みを快諾してくれるお坊さんなんて、そういないだろうな、という予測は当たった。電話で問い合わせると、最初はどの僧侶も喜ぶ。立派なお寺を持っていたって、そこに抱える檀家《だんか》は減る一方だ。畢竟《ひっきょう》、担当する葬儀の件数も減るしかない。葬儀一回につき、僧侶が得られる謝礼は二十万から五十万円ほど。これほど実入りのいい商売もない。飛び込みで葬儀だけをしてください、という依頼は、これ以上なくおいしい話のはずである。

しかし、それが「まだ生きている人間」を勝手に弔うものだと知ったとたん、掌《てのひら》を返されるのであった。仏の顔も三度までというが、僧侶は一度で怒るらしい。先祖への感謝、親への感謝あってこその帰依である……というキレイゴトで諭されたり、絶句してからガチャ切りされたり。模擬葬儀のコンセプトを伝える難しさを想像してはいたが、実際に電話口で怒鳴られると、かなり落ち込む。

繁忙期のオフィスは天地をひっくり返したような汚さで、座るスペースもない。智也は必然的に自宅残業を申し出たが、帰ったことをすぐに後悔した。一人で延々と電話をかけるのは、この上なく憂鬱だ。

正直な僧侶は、業界の狭さについて語ってくれもした。僧侶の世界はお互いに繋がっていて、変なことをしでかせば「あいつも怪しい商売に手を出した」と鼻つまみ者にされかねない。だから引き受けたいと思っても、厳しいものがあると。檀家さんにでも知れたら何を言われるか。ただでさえ減っている檀家を、変な商売でこれ以上失ってたまるものか。お坊さんの気持ちもごもっともだ。

一件断られるごとに『菩提寺《ぼだいじ》リスト』と書かれた表を、×マークで埋めていく。すでに印は五十件ほどついていた。テレアポのアルバイトのほうがマシなんじゃなかろうか。智也は話しすぎてガサガサになった声を何とかしようと、水を口へ注ぎこんだ。

と、スマートフォンが震える。知らない番号だった。おそらくは、電話した寺のどこかだ。水を含んだ喉がごふっと鳴る。慌てすぎだ。通話ボタンを押す。

「佐々木さんですか。先ほどお電話いただいた、龍敬寺《りようけいじ》の奥村《おくむら》ですけれども」

「は、はいっ。お世話になっております！」

これでダメだったら、もう今日はやめにしよう。もう心がもたない。

「あのね。お話もらった件だけど、葬儀にうちの境内は使わないんでしょ？　それだったらね、うちの次男坊を寄こせますわ。僧侶の経験は数年ですけれども、ひととおりは葬儀を回せます。いかがです？」

「いいんですか……？」

しまった。智也は自分の失言に気づいて黙る。あまりに断られすぎて、本気で引き受けてくれるものかという、猜疑心《さいぎしん》が声に出てしまった。せっかくやる気を起こしてくれたのに、ここで辞退されてしまったら。こんなペースで電話を続けたら、喉が潰れてしまう。

スマートフォン越しに、住職が語り始めた。

「親御さんに、並ならぬ思いがあるんでしょうねえ、その、生前葬儀をやりたいっていう方ね。

仏教にもね、怨憎会苦《おんぞうえく》という考え方がありますからね」

「おんぞう、えく……？」

「仏教には四苦と八苦というもんがありましてね。四苦というのは、生まれること、老いること、病を患うこと、そして死ぬことです」

生まれることも、苦しみなのか。智也は虚を突かれた。いや、確かにそうかもしれない。少なくとも、模擬葬儀のお客様たちには、生まれたことを呪い、何度も死のうとしてきた人たちがいた。あの人たちにとって、生きていくことは、苦痛の連続だったに違いない。

住職は続ける。

「そしてさらに続く、八つの苦しみ。この中に、怨憎会苦というのがありましてね。怨憎会苦っちゅうのは、憎くてたまらない相手に出会ってしまう苦しみ、というもんです。親子なんていうのは、まさに憎しみ合うこともある、難しい関係ですから」

「ええ」

こんな親の元にさえ生まれなければ、と大声で泣くお客様の姿。顔を覆い隠す両手。その隙間からなおもあふれ出る涙の粒。ぼたぼたと、こぼれた雫に濡れる喪服。

見た。先週も、その前の週も見た。

泣くこともできず、呼吸でしか苦しみを表現できない人の声も聴いた。思い出すだけで苦痛が蘇《よみがえ》ったのだろう。瞑《つぶ》った目はぶるぶると震え、開かれた口は天を仰ぐように喘《あえ》いだ。過去を語ろうとする口すら塞いでしまえるほどの地獄を、いくつ知っただろう。

あんな親にさえ出会わなければ。そう願えども、現実は変わらない。

「そういう苦しい話をね、聞いてお釈迦《しやか》様の教えをお伝えする。それもね、私たちの仕事ですよ。うちの次男坊は、作法は甘いかもしれませんが、その辺の肝はようくわかっている子です。どうですかね」

「ええ……」

くぐもった声が漏れた。喉も泣くのか。うまく、話せない。

「お願いします」

智也は電話を切ってから、ゆっくりと息を吐き、椅子にもたれかかった。短期間で随分とたくさんの悲しみを知ってしまった。それこそ、仏教で言い伝えられるほどの苦しみを、これまで見てきたのだ。きっと無駄なことはない。現にほら、こうして手を差し伸べてくれる人がいる。

智也はそのまま、ぼんやりとスマートフォンを見ていた。

急に遠くから、

「智也、ご飯できたわよお。今日こそ一緒に食べたら?」

という間延びした声が聞こえる。母親の声だった。

気分転換にちょうどいい。智也は返事もせずに、階段を下りていく。

あら、という顔をして、母親の顔が微笑んだ。そして瞬く間に夕餉《ゆうげ》の準備が整っていく。蒸し焼きにした鯛《たい》に、インゲンと玉子の炒《いた》めもの。それに減塩のお味噌汁《みそしる》と、米粒が立ったご飯。買ってきた浅漬けのきゅうりに、昆布。いつも通りのラインナップに、智也はほっとした。最近は帰りが遅くなることもあって、軽いコンビニ飯で済ませるか、会社の人と食べてばかりだった。久々の家庭料理すぎて、まるで普段は遠くに住んでいて、帰省したような気持ちにさせられる。

母親は、明らかに上機嫌だった。

「ああもう、今日は晩御飯をうちで食べるって、もっと前に言っておいてちょうだいよ。そうしたら、もっとご馳走《ちそう》にしたのに」

そう言いながらも、インゲンの炒め物をドサッと小皿へ盛り分ける。どうせ最近、ろくに野菜を食べていないんでしょ？　母親の目は、口よりものを言う。とにかく全部食べろ、ということらしい。

「ごめん、急に自宅勤務になっちゃったから」

「はいはい、お母さんだって働いてるんだから、そのへんはわかります。でもねえ、もう少し、なんとかならないの？」

「なにが？」

口内を玉子とインゲンが埋め尽くす。めんつゆの風味が鼻から抜けていった。ひさしぶりの優しい旨味《うまみ》が、細胞の隅々まで行き渡る。栄養素がプチプチと音を立てて、血管に届く音まで聞こえそうだ。やっぱり、おうちのごはんは美味しい。

「働きすぎ、って言ってるの。そりゃあね、花の大学生なのに毎日まっすぐ家に帰ってこられるのもお母さんとしては心配ですけど。いきなり頑張りすぎじゃない？」

智也は口いっぱいのご飯を、味噌汁で奥へ流し込む。一気に食べ過ぎたせいで、答えられない。

「んー」

咀嚼《そしやく》しつつも、唸《うな》り声で返す。

「体を壊したりしないか、心配よ」

本当はもっと言いたいこともあるだろう。部活を引退して以来ダラダラし通しだった息子が、毎日外へ出ているのだ。就活生でもないのにスーツで。もしかすると、葬儀用の黒いネクタイだって見かけたかもしれない。

それを、母親は体調の心配だけに留めてくれた。智也は気遣いに感謝した。あまり智也へ干渉してこないのは、母親が忙しいせいもあるだろう。習い事をしている母は、ちょうど講義の数を増やしたばかりだった。

　ようやく、すべての食べ物を噛みつくした。

「大丈夫。ってか、むしろ、なんだろ。すごくいい感じ」

「なに？　学校の子たちとの関係が？」

　ご飯をよそう手を止めた母親が、こちらを振り返る。

「うーん、インターン。なんかエンディング業界で働いてるって言ったじゃん」

「ああ、あのエン……なんとか業界ね。お母さん、そういうの疎いからよくわからないけど。いいんじゃない？　智也、最近かっこよくなったよ。顔が大人っぽくなった」

　智也の母親は昔から、褒めることをためらわない。まっすぐな言葉を、そのまま届けてくれる。そのたびに、体の芯がじんわりと温かくなる。

「ありがと。今日はなんか大変だったけど、もう少しやろっかな」

「えぇーっ？　一緒にテレビでも見ましょうよ。ちょっと遅くなるって言ってたけど、お父さんもたぶん、もうすぐ帰ってくるし」

　母親が不満げな目でこちらを見る。たまには、それもいいか。智也はポットへ手を伸ばして、紅茶を淹《い》れ始めた。

風の強い日だった。智也は会場に、木の柵で囲まれたテラス席を提案した。周囲から葬儀の様子を見られたくないからだが、柵は思わぬ突風も防いでくれる。そのおかげで、設営も安心してできそうだった。

提案した段階で美香さんが、グッジョブ！　と親指を立ててくれた。レンタルスペースの一覧を見ながら、何日も探した価値があった。

そこから先は山岸さんの仕事だ。屋外の葬儀では火を使おうにも、風で消し飛ぶ恐れがある。燭台の炎は、ＬＥＤライトに置き換えた。

お線香を立てる香炉には、どっしりと重いガラスの器を用意した。そこへ数滴のアロマオイルを垂らす。これも業界の知恵らしい。なんとなく葬儀イコールお線香ととらえていた智也には、新しい体験だった。

「倒れたりすると危ないからね、屋外ではとにかく火を使わないこと」

山岸さんは練り消しのようなソフト粘着剤を取り出した。そして燭台、香炉、花瓶の底へ粘着剤を取り付け、机へ固定する。棺も普段のそっけないものではなく、しっかりとしたパインウッド製だった。

「これ、四百ドルで買えたの。すごいでしょ？」

美香さんがニカッと笑う。それって、日本円でいくらだろう……。智也は考えるのをやめた。そもそも、日本円でも棺の値段を知らなかったからだ。いかにもリゾート地のレストランにありそうなラタン調の椅子は、サテンの白布で覆って儀式性を演出した。

ガラスの器に光が当たり、反射してキラキラと輝く。太陽がテラスへ柔らかく降り注ぎ、日向《ひなた》はほんのりと温かい。線香の香りに似たサンダルウッドのアロマオイルは、葬儀の場でも驚くほど違和感を覚えない。木の柵へはわずかに蔦がからみ、アンティーク調の上品なテラスを形作っている。

ギリギリ仏式に見えるよう、花は菊を中心に、遺影を囲む形で並べていく。シンメトリックに曲線を描く菊が、辛うじて場をガーデンウエディングではなく、葬儀場であることを知らしめていた。

「にしても、さすがだねえ、お医者様は。模擬葬儀にかける予算が違うよ」

山岸さんが、のほほんとした声で話しかけてくる。

「あ、お医者さんなんですね」

「そうなんだよ。代々、内科医の家系なんだって。でも、お父さんの跡は継がずに眼科医になったって言ってたよ。あ。智也くんって、そういうの、詳しかったりするんじゃない？　確かお父さんが口腔外科の先生だったよね」

智也は困った笑顔を返す。

「歯科医と医師って、別物らしいですよ。それに、僕は歯科医になれってプレッシャーもなかったんで、受験もマイペースにやってましたし」

「いいお父さんだったんだ」

「いいかどうかはわからないですけど……。本人が望まないことは、強制してこないですね。父も、母も」

山岸さんが、優しく言った。

「たぶんね、それをいいお父さん、お母さんって言うんだよ」

山岸さんのスマートフォンが鳴った。お客様の到着時刻を知らせる、ショートメッセージだった。

「すみません、遅くなりました。思ったより駅から歩くことに気づかなくて」

小田切大輔《おだぎりだいすけ》は、時間通りに到着した。事前カウンセリングからも真面目な性格だろうと、設営時間を一時間余計に設定していた。それでも、想定外のことが起きうる屋外葬儀である。智也はひととおりの準備が間に合ったことに、心から安堵していた。

「ちょうど設営も終わったところです。風が少し吹いていますから、まずは中でお掛けになってお待ちください」

「そうですね。この度は会場の件で無理を言ってしまって、申し訳ありません。ちょっと、小さめの密室が苦手でして。受験追い込み期の、自室を思い出してしまうもので」

なるほど。模擬葬儀は、招いているゲストが喪主である依頼主だけになることが多い。したがって、必然的に会場は小さくなる。大会場でぽつんと一人、喪主を置くわけにもいかないからだ。だが、サンプル写真を見た小田切はそれに断固とした拒絶を示したのだった。

「どうしても外がいいんです。雨天順延で構わないから……」

異例の申し出だった。しかし担当していたのは美香さんだから、他のスタッフとは場数が違う。「無理」の二文字は言わずにしっかり見積りを立てて、契約成立と相成った。

仏式の葬儀は、喪主挨拶が最後になる。開式の言葉を述べてより、控えていた若い僧侶が入ってきて読経を始めた。納骨でもないのに、外で読経をするのも慣れないのだろう。少し緊張しているのがうかがえる。それでも、本職の僧侶は様になる。

小田切は椅子に浅く腰掛け、経典を手に、じっと文字を目で追っていた。智也も立ったままではあるが、経文に目を通す。

わかった顔をしてみても、何もわからん……。

智也は信心の浅さを嘆いた。ここで浄化される気分だけでも味わえたら、ちょっとはいいんだけど。小田切さんはきちんとしているから、書かれている意味まで調べてそう。

企画から設営までを業務のピークに感じていた智也にとっては、本番は「事後」に近い。屋内ならつきもののスライド投影もないから、あとは気楽なものだ。

燦々と照る太陽が、ウッドテラスを温かく包み込む。これが葬儀じゃなくて、私用だったら良かったのに。智也はいつになくリラックスした態度で、式次第を追っていった。

焼香の代わりに花を供えたら、いよいよ喪主挨拶である。今回は、部外者である僧侶もお招きしている。万が一のことがあっても、彼に何かあってはならない。事前打ち合わせのとおり、山岸さんが僧侶の傍《そば》に立つ。読経後の席も小田切から最も遠い位置に置いていた。いざというとき、山岸さんが盾となるためだ。

代わりに喪主を誘導するのが、智也の役割だった。しかし、小田切に限ってミスもあるまい。少し合図を送ると、小田切はすっと立ち上がる。模擬葬儀のスタッフと言われても疑問を抱かないほどスムーズな歩みで、小田切がマイクの前に立った。

メガネの位置を直す。

始まる。智也は、ようやく少しだけ緊張して、ごくりと唾を飲んだ。

「本日は私の母である、小田切郁恵《いくえ》の葬儀にお越しくださりありがとうございます。幸いなことに晴天に恵まれ、こうして屋外での葬儀を実現することができました。お力添えをいただきました皆様に、厚くお礼申し上げます。また、お坊様には、遠路はるばるお越しいただいたと聞いております。この度は無理なお願いを聞いてくださり、ありがとうございました」

一瞬の間をおいて、小田切が再び口を開く。

「あの母親については、ここから先、僭越《せんえつ》ながら〝愚鈍〟と呼ばせていただきます」

グドン。あまりの代名詞に、皆が固まった。原稿を見つめる小田切には、それが見えていないようだ。

「私の愚鈍なる母は、すべての希望をへし折る天才でした。もし私が看守として、囚人の心を追い詰めよと要求されたとて、このような腕は発揮できますまい……。そう思わせるだけの、言動をあの女は繰り返したのです」

こんな喪主挨拶は、初めて聞いた。智也はすっかり、小田切の雰囲気に飲まれてしまった。

「私はもともと、内科医志望でした。実家が代々内科医でしたから、そのまま跡を継ごうと考えていたのです。もともと医学にも関心があり、父の後をついて回るような子でした」

智也には意外だった。医師の家系に生まれたからといって、誰もが優秀とは限らない。また、全員が医学に関心を持つわけでもない。むしろ、無理やり受験勉強へ放り込まれて、苦労することも多いはずだ。その意味において、小田切は医師に必要な優秀さと、興味関心を発揮できる人材だったわけだ。

「しかしながら、あの無知蒙昧《もうまい》なる女は『第一志望に落ちたら、あなたどうするの』『どうせ頑張っても、落ちたら困るのはあなたよ』と、最も大事な時期に物申してくるのです。たとえば受験の前日。模試で点数が落ちてしまい、足掻《あが》いている時期。あるいは、医師国家試験の朝に。直接のこともありましたし、電話で、あるいはメッセージで呪詛《じゅそ》をばらまくこともありました。

どれも、あの者が無垢《むく》で愚鈍だからこそ成しえたことです。あの女は、自分の息子が受験で落ちるかもしれないという不安を、そのまま息子にぶつけていたのです。生前は全くもって情緒不安定で、デリカシーのない女でした。

本来、私が内科医になることを心から望んでいたのは、愚鈍な母親のはずでした。しかし、本人の中で、むくむくと『本当に息子は内科医になれるだろうか』という不安が湧きおこるらしいのです。なぜなら、愚鈍は短大出で、そのままお見合い結婚したような人間でしたから」

あまりにも自然と学歴差別の言葉が出るものだから、智也は反応することすら忘れてしまった。これが顧客でなく友達の発言だったら、止めに入るところだ。

小田切の母親は、確かに褒められるような人ではないのかもしれない。だが、自分の家庭で息子から軽蔑されていたことも、愚かだと思われていることにも、気づいていたのではないだろうか。

もしそんな環境に置かれていたら、本当に息子がレールの敷かれた人生を歩いていけるか、不安を抱くのも当然だろう。だって、何かあれば落ち度は彼女にあると、感じてしまうだろうから。

智也の思いに先手を打つように、小田切が続ける。

「母は、私が受験に失敗すれば、それすなわちお前の失敗よ……と、親戚から責められると考えていました。実際には、私の偉大なる一族に、そのような恥さらしはいないわけですが。そうして己の不安に耐えきれなくなると、私へそっくりそのまま、悪感情を吐露してしまうわけです。私のことなど、かけらも配慮できないで。

ただ自分が不安だから、不安をぶつける。〝愚鈍〟のあまりにもレベルの低い生態に気づいたとき、私は心からそれを軽蔑しました。自分の発言が息子に与える影響も考えられない女が、自分の母親であるという事実に、今はただ吐き気がします」

ちょっと、いくら何でも、言いすぎだろう。智也は表情を変えないよう努力しつつも、手を軽く握った。母親は精神的に弱い人だったのかもしれないが、それにしても。

そんな智也の感情は、あっという間に消し飛んだ。

「今でも、忘れられない思い出の話をいたしましょう。あの女は、よりによって……。私が第一志望の大学を受験する日に、手首を切って、自殺未遂をしたのです。その日は私しか家におりませんでした。ですから私が救急車を呼び、病院へ付き添いました。医師を目指すなら、当然のことです。ですが処置が終わったころには、試験開始時刻は過ぎていました。母は、なぜそんなことをしたのか。父も私も、理由を問いただしました。理由は……。その理由は何だったと思いますか」

なぜ、そんなひどいことができるんだろう。どうして、家族の一番大事な日を、応援できないんだろう。智也は、掌を返して小田切の心に共鳴した。「頑張っておいで」と送り出してほしい日に母親が死にかけているのを見た、小田切さんの気持ちは？

「理由は……、息子に捨てられそうで怖かったからだと。このまま志望校に受かってしまったら、家からも出ていってしまい、もう自分は独りぼっちになってしまうから。だって寂しいんだもん。お母さんを一人にしないで。そうやって、泣きじゃくったんです、その〝愚鈍〟とやらは。私はまんまと、あの女の罠《わな》にはめられた。自分の道を歩めるはずだった私は、バカな女の狂言自殺に騙《だま》されたのです」

小田切の母親は、浴槽に血まみれで倒れていたらしい。小田切さんは血の量にパニックを起こし、救急車を呼んだ。しかし傷は浅く、入院すらしなくて済んだという。それすらも、母親が無意識に願っていた結末だったのだろう。「死にたくなんかない。ただ、私を見捨てないで。私を愛して」というのが、母親の願いだったのだから。

あるいは。智也は別の可能性に気づいた。もしかすると母親は、息子に嫉妬していたのだろうか。自分より聡明《そうめい》で、成功する道を歩んでいけそうな息子が妬ましかったのではないだろうか。

親戚が何を言わなくとも「一族で劣等なのはお前だけだ」というメッセージを、言外に受け取っていたのかもしれない。そして、息子にだけは、自分と同じレベルに留まってほしかった。そうすれば、冷たい視線にさらされるのは、自分だけではなくなるから……。

ある思い出が蘇る。智也は、受験でいうと大器晩成型だった。高校に入ってすぐの成績など惨憺《さんたん》たるもので、陸上で挫折するまでは成績も中の下。それが、受験勉強に取り掛かってすぐにトントン拍子の伸びを見せた。「ムラっ気があるねえ」とは、担任の談だ。親は喜んだが、そうではない友人もいた。

「お前は俺と違って、地頭がいいからいいよな」

という言葉を、今も覚えている。そんなことはない、ただ、陸上に充てていた時間をすべて、勉強に回してみただけだよ。そう言っても、彼は不機嫌になるだけだった。

結局、智也は志望校に合格できずに一浪した。一緒にいた彼も一浪すれば、絶対に同じ大学へ行けたはずだった。だが、彼は何ランクも下の大学へ現役進学を決めてしまっていた。なぜ、と問いかけても「無理だ、智也の実家とは、血筋が違うから」と、遺伝子を引き合いに出された。智也は、何も言い返せなかった。彼が智也について悪《あ》しざまに言っていたのを知ったのは、高校を卒業してからのことだった。

あのとき、彼はきっと自分に嫉妬していたのだろう。彼は賢くて立派な人だったのに。自分の悪口など言っている時間を勉強へ割いたら、きっと同じ大学へ行けたのに。けれど彼は、自分の人生を諦めてしまった。「どうせ自分はもう上の世界へ行けない」という諦観と、手放しきれなかった成功への渇望が合わさると、嫉妬心に繋がる。

母親も、本当は息子の成長を喜びたかったのかもしれない。けれど、本当は「自分が成功したかった」という本音を抱えていたのだろうか。息子にスポットライトが当たれば当たるほど、母親の自分は、ただの影になってしまう。小田切郁恵という名前を奪われて「優秀な小田切くんのママ」に据え置かれる。その嫉妬を、隠しきれなかったのではないか。

チャンチャンチャンッ。チャンチャンチャンッ。チャンチャンチャンッ。チャンチャンチャンッ。

突然、けたたましい音が鳴り響いた。小田切の声が止まる。その音は、小田切のポケットから鳴り響いていた。明らかに、電話の着信音だ。

――急患の知らせ？　いや。定時で上がれるから眼科を選んだという彼が、急患を担当するだろうか。智也は小田切の真横で控えつつも、行動を起こせなかった。

しばらく鳴り響いたスマートフォンは、我に返ったように音を止めた。智也は心の中で、フーッ、と息をついた。これが自分のスマホだったら、大目玉だったな。ムードが壊れてしまったけれど、どうやって取り戻そう。一度休憩を挟むよう、小田切へ提案するのもいいだろうか。

智也が顔を上げる。

と同時に、やれやれ、という顔で小田切が再び話し始めようとした。無かったことにしてそのまま続行か、了解です。すでに歩き出していた智也は、再び定位置へ戻ろうとする。

だが、
チャンチャンッ。チャンチャンッ。

爆音が再び流れた。しかも、止まりそうにない。

嫌な予感がする。智也は、小田切に目配せした。

『お電話、取っていただいてもいいですよ』という、無言のメッセージだ。

小田切もそれを察して、スマートフォンを取り出し……かけて固まった。智也の目にもはっきりとディスプレイが見える。

そこには、「愚鈍」と表示されていた。

これまでのインターン経験から、智也は「悪い親って、人の心が読めるんじゃないか?」と感じてきた。子供を害する親は、子が一番傷ついているときに限って、さらに追い詰める言葉を吐く。ここを殴られたら痛いという場所を、的確に殴ってくる。まるで、心を読んでいるかのように。

それがここにきて、小田切大輔の番だった。これまで人生の大事な場面を母親にぶち壊されてきた小田切さん。ようやく母親を死んだものとして弔うことで、自立しようとする儀式へたどり着いたのに、またこうして邪魔されようとしている。なぜ、今なのか。よりによってなぜ、喪主が挨拶するタイミングなのか。この母親は、生霊か何かか？

チャンチャンッ。チャンチャンッ。チャンチャンッ。チャンチャンッ。チャンチャンッ。チャンチャンッ。チャンチャンッ。チャンチャンッ。

着信音は鳴り止まない。スマートフォンを見つめる小田切大輔は、完全に停止していた。どうか……どうか諦めてくれ。どうか、今だけは。これは、小田切さんが生きていくための禊《みそぎ》なんだぞ……！

音が、止まった。

小田切が電話に、出ていた。

「……もしもし」

「ああ！　ようやく出てくれた！」

悲鳴のように大きい、母親の声だった。そばにいた智也にまで、必要以上に聞こえてしまう。

「大輔！　ねえ、今どこにいるの⁉」

「所用で外にいるだけだ、忙しいから……」

「今、模擬葬儀なんてもの、やってるんじゃないの⁉」

小田切が歯を食いしばる。ガチッ、という歯のぶつかり合う音があまりに強すぎて、マイクにすら集音されてしまった。

「な……」

「本当に、あなたって最低な子。あなたの部屋で見たわよ。パンフレット」

「勝手に、入ったのかっ‼」

それまで冷静そのものだった小田切が、絶叫した。

「よくもそんな……」

「大輔はお母さんのこと、そんなに嫌い？」

母親は、小田切の言葉を聞かずに答えた。

「お母さんは、お母さんは大輔のこと、一生懸命、育ててきたのよ。どこに出しても恥ずかしくない子にするために……！　そりゃあ、お父さんの跡を継げるほどではなかったし、東大だってダメだったけれど」

「いったい誰のせいでっ‼」

小田切は「いったい、誰のせいで東大に行けなかったと思っているんだ」と、言いたいのだろう。智也は、続くべきだったセンテンスを想像した。怨憎会苦。なぜこの母親のもとに、小田切さんは生まれてきてしまったんだろう。

智也は小田切へ言葉をかけたくて、唇を開いた。しかし、何も出てこない。

「そんなあ……」

電話越しの母親は、大仰に悲しんだ声を出す。ひっく、ひっくと、しゃくりあげる声も聞こえる。泣き出したのだろう。その泣きぶりもまるで、いたいけな少女のようだ。

「ひっく、ひっく。大輔え。どうしてそんなことをいきなり……ひっく。まさか。変なことでも、そそのかされたんじゃないの？　そこの葬儀なんとかに……っ」

これには智也も、無表情でいられなかった。声がする元である、小田切のスマートフォンを睨みつけてしまう。

「お母さん、大輔のこと信じてるからっ……だって大輔は、いい子だもん……っ」

爽やかなテラスに、どす黒い感情だけが流れ込んでくる。無理解がここまで人を傷つけるところを、智也は初めて見た。

「お家に帰ってらっしゃいっ。ね、そうしたら、落ち着くでしょ？」

「……るっせえ、このクソ女!!」

今度は、母親が黙る番だった。

「お前が、お前がどれほど俺の人生を滅茶苦茶《めちゃくちゃ》にしてきたか！　俺がこの話をするたびに、泣きわめいて父親に縋りやがって」

小田切の頬から、涙がとめどなく零《こぼ》れ始めた。声は一気にしゃがれる。

「いいよなあ。そうやって弱い女をやっていれば、いくらでも俺を壊せたもんな？　じゃあお前がしてきたことは何だよ。『私は学歴主義の家で、冷遇されてきたんです』って被害者の顔をしていれば、もっと弱いやつは、小さかった俺のことは潰してもいいってのか？　俺の気持ちを考えたことはあるか？　ないだろ？　お前は、お前の人生のことしか考えて来なかったんだからな!!」

ぜい、ぜい。肩で息をしながら、小田切は泣いている。

長い沈黙。智也は緊張のあまり、口を開きかけたまま固まっている。山岸さんも、僧侶も、遠くで微動だにせず、小田切の一挙手一投足を見守っていた。

「お、お母さんは……」

「うるさい。……おお。今すぐ帰ってやるよ、お前の望み通りな。今すぐ帰って、お前をぶっ殺してやる!!」

マイクの前で叫んだ小田切の咆哮《ほうこう》が、キイン、とハウリングした。

第七章

智也は目覚めても、しばらく布団でじっとしていた。軽い筋肉痛もあったが、原因はそこではなかった。これまでお客様を救えていると思っていたのは、自分だけだったのかもしれない。手紙でお礼をもらったくらいで、自分はやれる、と思い込んでしまって。

あの後、山岸さんが動いた。小田切のそばに駆け寄り、「こういった事態にも慣れております。大丈夫ですから、ご安心ください」と声をかけたのだ。興奮のあまりわなわなと震えていた小田切は、はっと我に返った。そして「どうしよう……どうしましょう？」と怯えた声を出した。

「大丈夫です。こんなときのために、いいものをご用意してあります」

山岸さんが、ニカッと笑った。

指示されるままに、智也が車へ向かう。ダッシュボードの奥、普段は使わないビニール袋に

「ドッキリ大成功」とプリントされた紙と、カーネーションのプリザーブドフラワーボックスが入っていた。それも、高級な箱に詰められている、一朝一夕で買えなさそうな代物だ。

走って山岸さんと小田切がいる現場に戻る。山岸さんが、滔々《とうとう》と対策を話していた。

「ここから先が肝要です。絶対に、『ドッキリだった』と言い張ってください。今日のやりとりも、全部です。全部お母様を喜ばせるために、ドッキリを仕組んだだと。最初は疑われますが、何を質問されても『ドッキリのためだった』と言い張るんです。そうすると、親御さんも追及を諦めます。何より、お手元には予約制でしか買えない、お花がありますからね」

「こ、こんなんで何とかなるんですか……」

「同様の事故はこれまでにもございましたが、解決できなかった事例はございません」

自信満々に言い切る山岸さんに、小田切が押される形で納得していく。

「お母様にとって、信じたいのは『ドッキリ』と『本当に心から息子さんに憎まれていた』のどちらだと思いますか?」

「それは、ドッキリ、ですね」

「そうなんです。ですから、親御さんは必ずドッキリの方を信じます。その方が信じたい現実だからです。ただし、弊社とのやりとりは今、削除しておいてください。そして、今後はドッキリだった体裁で、ご請求などのやりとりもいたしますので、ご容赦いただければ……」

山岸さんがそっと小田切を覗き込む。

「も、もちろんです。あの、どうしてそこまで対応を……？」

「アフターサービスも、弊社の強みですから」

山岸さんの笑顔が、菩薩《ぼさつ》に見えたのは小田切だけではないだろう。智也も、山岸さんを拝めるものなら拝みたかった。だが……。

ここまで思い出して、智也は再び打ちのめされる。自分はなんて未熟だったのだろう。親が模擬葬儀に気づいて連絡してくるなんて、仕事柄絶対ありうる事故なのに。マニュアルにだって、「いざというときは」と書いてあったのに。結局、何もできず凍ってしまった。未熟すぎる自分に、反吐《へど》が出そうだ。

だが、どんなに暗い朝にも、出勤時間はやってくる。智也はのろのろと体を起こし、ワイシャツに手を伸ばした。

だが、今日という日が最悪になるのは、これからだった。

ギリギリの時間に出勤した智也を待っていたのは、午後からの現場入りだった。

「斎藤、七海」

顧客名がそのまま、声に出た。あまりにも知っている名前だった。

同姓同名か？

いや、生年月日が浪人した自分の一つ下で、所属先の大学名まで一緒だ。

間違いなく、七海。

「これ……」

智也はとっさに、山岸さんの方を向く。だが、山岸さんは他のスタッフと話していた。こちらに気づく様子もない。どうする？

やめよう。智也は口をつぐんだ。たとえ友人の依頼であろうと、だから何だと言うのだ。自分の未熟さに、今朝打ちのめされてきたばかりじゃないか。ここでどう自分を乗り越えるかが、この仕事を続けられるかにかかっている気がする。

ただ、七海は自分がこの仕事を担当すると知ったら、どう思うだろうか。あらかじめ「これって、俺が担当してるんだ」ってメッセージは送っておくべきか。七海って、自分がここで働いてることを知らないいんじゃないか？　いや、でもそれって会社の個人情報漏洩、とかになるんじゃないか？

「智也くん、この雑誌でうちが掲載された部分を切り取って、ファイリングしてくれる？」

「あっ、あ、はい」

作業に追われているだけで、午後になってしまった。

搬入は十三時で、十四時葬儀開始。いつもより会場のスケジュールも切羽詰まっている。よりによってこんな日に、と智也はやきもきしたが、その方がマシかもしれない。

一番シンプルなプラン。白く整った会議室の祭壇に簡素な花が飾られ、パイプ椅子が並ぶだけ。スライドショーもなし。とはいえ、模擬葬儀は安くない。この資金を、一体七海はどうやって捻出したのだろう。

準備が終わると、時間の流れが急に遅くなる。耳をそばだてて、どんな音も逃さないように。張り詰めた面持ちで椅子に掛けていると、コツ、コツ、コツ、と廊下に音が響く。近づいてくる。

七海、だ。

「斎藤様、ようこそおこしくださりました」

山岸さんが、いつも通りの柔和な笑みを浮かべる。智也は、事前のヒアリングシートを思い出していた。成育歴には「親子関係に特に問題なく、悩みもなし」と書き記されていた。悩みがない人間が、模擬葬儀をする。これから、何を語るというのか。

七海が智也を見た。驚いた様子はない。ただ、肩がぎゅっと持ち上がった。そうか。智也は理解した。七海は、自分がここで働いていることを知ってここへ来たのだ。

胃がキュッと縮む音がする。

「では、喪主からのご挨拶です」

「私は」

七海が、開口する。

「佐々木君がここで働いていることを、疑問に思ってます」

まさか、いや、まさかではない。

智也のために、七海はここへ来たのだ。

それにしても、おいおい。冒頭からなのか。ぐにゃりと、視界がゆがむ。

智也は、半歩後ずさった。上半身をかがめ、伏し目がちに七海の方を見やる。

それでも、七海をまっすぐ見つめる力が出ない。平静を装おうとした智也の気概は、すっかり消し飛んでしまった。これから何を言われるのだろう。

山岸さんが、こちらを見る。目が「あれ、智也くんの関係者?」と語っている。

「すみません」の目で返すと、山岸さんの表情が笑顔に戻った。

どんなときも「ま、そんなこともあるよね。仕方ないか」で済ませる魅力を感じさせる。

安堵が、智也を覆った。山岸さんがいれば、なんとかなる。……とはいえ、これから何を言い出すんだろう。インターン先に迷惑をかけるようなことだけは、勘弁してほしい。「一体なんで、こんなことをしでかすんだ?」という小さな憤りが、むくむくと智也に沸き起こる。

「佐々木君、この数か月でかなり変わっちゃったんです」

七海は続けた。

「もともとユルい感じの優しい人だったのに、急に社会人ぽくなっちゃって。授業も全然来なくなって、単位も危なそうだし。私のバイト先にも全然来ないから。成長したって言ったら、聞こえはいいかもしれないですよね。でも、いつも悩んでいる風な顔で」

七海は、作文を発表する小学生のように前をじっと見ている。

「智くんがここで働いているのは、最近知りました。それで、公式サイトも、見ました。申し込む前に。あまりに、身勝手だと思いました。だって、親が生きているのに、その葬儀をするなんてあまりにも……。ひどい。ひどい話じゃないですか？　この模擬葬儀を親が見たらどう思うか、って考えないんですか。ここのスタッフさんたちは、どんなつもりでお仕事をなさっているんですか」

現場の気温が、五度は下がった気がする。智也は寒気を覚える。それでも、声は出ない。

と、山岸さんが、予備マイクを智也に渡した。

「答えてあげなよ」

「えっ」

「きっと、智也くんの言葉を待ってるんだよ」

山岸さんがそら、とマイクを渡す。智也は、わたわたと受け取った。スイッチが入っていたのか、マイクから「ブッ」と音が漏れる。

模擬葬儀史上初の、対談になってしまう。

何を。いや、どうやって伝えれば、七海に、わかってもらえる？

「えー……。そうですね。僕が……体験してきた範囲でしか、話せない、ですけれど。そうだな……僕は、人の助けになると、信じたいからやっています」

我ながら、レベルの低すぎる回答をしてしまった。恥じる暇もない。七海のじとっとした視線を感じる。いいや、仕方ない。こっちは心の準備が何もできていないんだから。

「助けに、なっているんですか。智くんの行動は」

七海の詰問が冷たい。

ひゅうっと、冷たい風が背中を吹き抜けていく感覚。こんなにも汗をかいているのに。智也の手がぬるぬると汗ですべる。

「わからない。正直。相手の助けになっているつもりでも、エゴかもしれない。この前も、親子関係がむしろ悪くなっていそうなご家庭のケースを見てしまったし……。ただ、すっきりした顔で帰ってくれることが多くて。なんとも言えないけど。これまでつらかったこと、幸せだったことを語りきってくれて。それで、けじめがつくというか。親御さんへ言いたくても言えなかったことを、伝えられるというか……」

「それって、本当は子供が親に直接言うべきことだ、って思わない？」

智也は七海に共鳴した。自分が働き始める前だったら、七海と同じ疑問を抱いただろう。親が子供のことを愛していないかもしれないなんて、考えたこともなかったから。

七海は正しい。けれど、その正しさは正しくない。

「そうなんだ。でも、親ならだれでも話を聞いてくれるとは限らない」

「そうは言っても、対話もせずに親を葬ろうなんて……」

せっつくような、七海の声。

「でも、本当に親を殺すわけじゃない。どうしても解消できない恨みがあって、それを親へぶつけて傷つけるくらいなら、それを自分で消化しようとするのって、悪いことじゃないと思う」

「でも、」

七海が答えようとしたとき、ふっと、風が吹いた。隣に山岸さんが来ていた。山岸さんが、智也のマイクを取る。

「斎藤さんは、どういうご家庭だったんですか？」

七海は戸惑った顔を隠さない。

「私？　私は……普通の家庭で、普通に育ちましたけど。毎年家族でディズニー行ったりするような。大学に入ってからも、門限があって厳しいくらい。お父さんは今でもお母さんのことが大好きだし」

「子供のころも、ですか？」

山岸さんが、七海に向かって語りかける。

「ええ、まあ……。普通の。普通です。晩ごはんをみんなで食べて、今日あったことを話して、それからみんなでゲームして……。受験のときは家族全員で応援して……。といっても私は指定校推薦だったから、そこまで頑張ったりしてないですけど……あ、でも」

「でも……？」

山岸さんの問いは、まるでカウンセラーのように優しい。

「お姉ちゃんが、コンプレックスと言えば、そうかもしれないです。あの、姉がいるんですけど、とにかくできる人で。成績もいいし、美人だし、スタイルもいいし、性格も良くて。それに比べて私は成績もいつも中くらいで、別に顔もぱっとしないし、っていうかブスだし……」

ブスじゃないよ、と思わず言い返しそうになった智也を、山岸さんが手で制す。

「ただ、だからといって、お姉ちゃんが私に冷たかったわけでもないんです。お姉ちゃんは完璧だから、私にも優しくて。ときどき滑る冗談も言うけど、それもまた愛嬌《あいきょう》って具合で……」

山岸さんが、さらに続ける。

「なるほど、お姉さんは完璧で、斎藤さんにも優しかった」

アクティブリスニングだ。智也は思い出す。相手の発言を言葉だけ換えてオウム返しにすることで、傾聴の姿勢を示す技術。

山岸さんは、七海のカウンセリングをこの場でするつもりなんだ。

山岸さんが続ける。

「それで、斎藤さんはお姉さんに対して、どう感じていらしたんですか?」

「あの。こんなことを話しちゃっていいのかわかんないですけど……?」

七海が戸惑った顔を山岸さんへ向けた。

「大丈夫ですよ。そのまま、教えてください」

「えっと……そうですね。お姉ちゃんは、私にも優しくて。それが、むしろ辛くて。お母さんも私に優しいんですけど、やっぱりこう、違うんですよ。態度が。お姉ちゃんと私で。たとえばお姉ちゃんが、入院したことがあったんですね」

「それは、大変な時期でしたね」

山岸さんが、相槌《あいづち》を入れた。

「はい。そのとき、両親で代わる代わるお見舞いに行って、私はおばあちゃんちに預けられてたんですよ。でも、その間に私が熱を出しちゃって……。そんなとき、親は私のところに来てくれなくて。ああ、私はお姉ちゃんより大事じゃないかもって、思っちゃったんですよね」

初めて聞いた。七海から、姉の話が出たことすらなかった。思えば、大学の単位やらバイト先の話ばかりで、七海の人生観を聞いたことすらなかった。我ながら、なんて軽薄な関係を築いてきてしまったんだろう。智也は急に、自分が恥ずかしくなった。今日は後悔してばかりだ。

「それで、やってたんですよ……。万引きを。中学校のときに。アイライナーとか、リップとか。ほしいものっていうよりは、盗《と》りやすいもの」

「嘘でしょ?」

今度は、口に出すのを止められなかった。今の七海から、万引きの過去があるなんて全く想像できなかったから。智也はもう一度、「嘘でしょ」と、呟いた。

七海が、「嘘じゃないよ」と返す。

「最初は消しゴムとか、そういう安いものだったんですよね。でも、だんだん盗って満足できるものがいいなって思い始めて。コスメ中心になっていったかな。さすがにディオールとか、ブランド物には手を出せなかったけれど。

盗ることが目的だから、商品は未開封のままで、適当にクローゼットの奥にしまっておいたんですよ。逆に見るのも嫌だったな。証拠品って感じがするから。でも……」

七海が一呼吸おく。

「い、家のそばにドラッグストアがあって、店員さんがいつも一人で。でも、防犯カメラに映っちゃってたんですよね。捕まって」

智也はまばたきを繰り返して、七海を凝視する。だが、七海に動じている様子はない。覚悟を決めて話す表情は、まっすぐで強かった。この場にいるメンツで、度胸がないのはどうやら自分だけらしい。

「逮捕はされたのかな。あれって逮捕だったのかな……？　でも、すぐに家へ帰してもらったから、違うのかな。信じられないほど叱られて。お母さんも、お父さんも泣いてた。ただ、それからどうしても、やっぱりお姉ちゃん、なんだよね。大事にしてもらえるのは」

七海が、視線を落とす。

「自分でやったことのせいだから、仕方ないけど。万引きしたことは学校に報告も行かなくて。絶対に誰にも言うなって、親から口止めされて。だから話すのは今日が初めて。でもね、正直言って、万引きは楽しかった。誰にも見つからずに、商品を盗るその瞬間が気持ちいいの。その時間だけは、私だけのものって感じがしてね。お店の外で深呼吸して、バッグから戦果を取り出すわけ。それが、私が生きている証《あかし》って感じがしたんだ」

そこまで一気に話して、七海はため息をついた。ため息というよりは、深呼吸のようだった。まるで狙った獲物を取り終えた後のような、清々しい吐息。こんなときなのに、智也は七海に見とれてしまった。

「それからは万引きはさすがにできないでしょう。だから、家の財布からお金を盗るようになって。そのお金で、いろいろ買ったなあ……。参考書とか、辞書とか。案外、そっちは真面目でしょ。親は何も言ってくれなかったなあ。……何か、言ってほしかったなあ」

静かに、七海の声が湿っていた。

「財布からお金を盗ったのも、気づいてほしかった。私の方を見てほしかった。私を指定校推薦枠に入れるために、万引きをなかったことにするために頑張ってなんて、ほしくなかった。盗ませるような親でごめんね、そうまでして、注目を集めたいと思わせてごめんね、って、謝ってほしかったんだよ。けど、私の悪い面を全部無視するの。それが何よりもつらくて。大事にされてないんだ、私のことなんてどうでもいいんだって……思っちゃって……」

ひっく、ひっく、という静かなしゃくりあげる音。しばらく、七海は声を出せなかった。本人もなんとか涙を止めようと、指で顔を拭う。だが、涙が手指の堤防を越えていく。ぼろぼろとつたう雫が、落下する。

よかった。

智也は、長い息を吐いた。どうなることかと思ったけれど、この〝案件〟は想定内の成り行きに収まりそうだ。七海は泣いているが、「いつも通り」で安心する。

……安心している場合か？

今、一瞬、目の前にいる人間が、七海であることを忘れていた。一人のお客様として、体が自動的に対応しようと動いてしまった。友人だった、はずなのに。

「終わりよければ、全てよしってこういう感じかな？」

山岸さんが、てきぱきと花を片付けていく。白いコスモスが集められた祭壇には、母親の写真が飾られていた。だが、母親は結果として場違いだったらしい。七海が本当に弔いたかったのは、姉だったからだ。

「お姉ちゃんさえ……いなければよかったのに、って。もし私が一人っ子だったら、私のことだけを、見てもらえたかもしれないのに。きっとお母さんも、お父さんも、お姉ちゃんさえいなければ。お姉ちゃんが、何もかも完璧で、それなのに私の心配までしてくることが、どれだけ私を惨めな存在にしたか……。あんな人さえいなければ、死んでいてくれたら、よかったのに」

七海が泣きながら紡いだのは、姉への呪詛だった。

「お姉ちゃんは、いいよ。何もかもそつなくこなせて。学級委員だったし、生徒会にも入れたし。高校に入ってから、すぐに彼氏もできて。なのに、成績落ちないし。私が万引きしたことも、責めてすらくれない。だって、お姉ちゃんにとっても、私ってどうでもいいんだもん。人生にいてもいなくても、いいんだよ。お姉ちゃんにとって、あの家は三人だもん」

確かに。話を聞く限り、両親が積極的に虐待をしたわけではなさそうだった。ただ、姉が神々しすぎたのだ。あまりにも立派な人生を堂々と歩む姉、そして仲の良い両親。それに対して「普通」だっただけの七海。誰が悪かったというより、家庭の配置が悪すぎた。もし姉さえいなければ、七海の両親は七海をたっぷりの愛情で包んだだろう。姉さえいなければ……。そう七海が願ったのも、無理はない。

「お姉ちゃんが入院したとき、ちょっと願っちゃったんだよ。このまま、死んでくれたら良かったのにって。そしたら、お母さんもお父さんも、私だけのものになったのに。そんな、大した病気じゃなかったよ。でもね、もう戻ってきてほしくなかった。万が一……合併症でも起きて、死んでくれたらって、思っちゃって……」

智也は、七海の清廉潔白さに胸を打たれた。兄弟で差別されてきた事例は、これまでにも顧客にいた。その誰もが、兄弟を深く憎んでいた。殺したい、と述懐することもあった。それに比べて、七海の言葉はなんと優しいのだろう。自分を排除してきた家庭に対して、「万が一、いなくなってくれたら」で済ませている優しさは、七海の善性が招いたものに、他ならなかった。

それからしばらくの号泣を経て、葬儀は終わった。そして、智也が思ったよりは迅速に、七海は自分を取り戻した。

「すみません、こんな話ばかりしてしまって……」

そう山岸さんに謝る七海は、来る前よりもいっそ姿勢がいい。パンパンに腫れた瞼とは裏腹に、声はしっかりとしている。プログラムは途中で止まったが、それでよかった。本当に弔いたかった姉の模擬葬儀でない以上、焼香までする必要がなかったのだ。

深々と頭を下げて、七海は会場を去った。七海が智也と視線を合わせることは、ついぞ無かったけれど。自分がなぜここで働いているかは、七海に通じた、気がする。

「すみません、自分の友人が迷惑をおかけして」

「いいんだよ。だって、誰が来るか今日知ったんでしょ？　そりゃ、対応できないって」

山岸さんが、空のダンボールを一つ残してくれた。そこに花を放り込んでいく。

「それ、持ちます」

智也は、水の入った花器のバケツを四つまとめて水道へ向かう。

「おいおい、無理しないでよ」

「大丈夫です！」

七海が満足して帰ってくれたように思えることが、胸をいっぱいにした。これまで家族にもつまびらかにしてこなかった、自分の働きぶりが初めて認められたのだ。それも数少ない友人に。今度会ったら、お礼を言おう。清々しさが、智也を摑む。

と同時に、自分の心が葬儀へ慣れすぎていることにも、引っ掛かりは覚えていた。七海が大事な友人かどうか以上に、お客様としてつつがなく式を終えられるかばかり、智也は考えてしまったのだから。ハピネスエンディング社が、自分を成長させてくれたのは間違いない。他方で、それって「いいこと」なのだろうか。

智也にも、まだ答えは無かった。

第八章

死んでいるはずの親が、突然生き返ったらどう思う？

美香さんが、智也にこんな質問をしたのは、フォローアップ研修の日だった。暖房を入れてもなお肌寒いオフィスでジャケットを羽織りながら、智也は答えた。

「そりゃあ……もう、びっくりします、としか」

「そう、天地がひっくり返ったような騒ぎよね。なにせ、死んだ人間がひょっこり現れるんだから。でも、模擬葬儀ではそんな事故が起こりうるわけ」

そうだ。模擬葬儀は、親が生きている間に、子が親を弔う儀式。だからこそ、生きている「本物の親」と、対峙するリスクもある。

「だから、常にイメージトレーニングしておく必要があるわけ。もしお客様の模擬葬儀に、親御さんが気づいたらどう対応するか、ってね」

「この前のドッキリ、ですか」

そう、と美香さんは返した。過干渉な親の中には、子の持ち物を盗み見ているケースも少なくない。そこでうちのウェブサイトを調べて、問い合わせてくるケースもある。大半は「ドッキリ大作戦」で嘘を貫き通すが、それでもうまくいかない場合は、どうなるか。

「ぶっちゃけ、訴訟になったことはあるんですか。っていうか、模擬葬儀って、法に触れるんですか」

「いいえ。うちの法務、強いから」

美香さんがこともなげに切り返してきたので、智也は安心した。

だが、現実はそうもいかないらしい。

「何だ……これは……」

壮年男性が、咲き乱れる百合《ゆり》や白椿《つばき》、アセビで敷き詰められた部屋の中に立ち尽くしていた。

部屋中に花を……というのが、依頼主のオーダーだったから、舞踏会すら思わせる絢爛《けんらん》豪華なフラワーアレンジメントが部屋を敷き詰めている。場所が場所なら、結婚式場に見えたかもしれない。だが、そこには堂々と遺影が飾られていた。そして写っていたのは、壮年男性の顔だったのである。

今日は特別豪華な葬儀を、ということで、準備に大変盛り上がった。美香さん、山岸さん、智也とスタッフも最大人数で、万全の装飾を施した。花は普段の卸経由でも足りずに、近場の花屋へ走ったほどだ。フローリストも外注して、波状に花を活けていく。絢爛豪華な式で父親を見送りたい理由について、顧客は、

「実際の葬儀でも、これくらい立派になるでしょうから」

と、俯《うつむ》いた。

何しろ、政治家なのだった。市議会議員というものが政治家に入ることを、智也は初めて知った。これまで政治家といったら、国会議員しかいないものと思い込んでいたのだ。顧客の父親は何期も議員を務めた地元の名士。毎日さまざまな人が彼を訪れ、頼りにしていた。待機児童問題、雇用の差別、工事現場での事故対応、いじめ問題、公共事業。あらゆる揉《も》め事を清濁併せ呑《の》んで解決する市議を、慕う者も多かった。

だが、その名士も犠牲にするものがあったらしい。

それが、家族だった。

娘の名は、さおりと言った。

「父は、普段はいい人なんです。ただ、家ではだらしないんです。怒って家の窓を蹴破ってしまったり、お母さんを仕事用のバインダーで殴ったり。外でいい人を演じているからでしょうか。家族を虐げることで、バランスを取っているんです」

それはしんどいですね、と、智也が返す。オフィスの事前カウンセリングルームには、心地よいモーツァルトのオルゴールが流れていて、戸棚にはピカソやモネの画集が並ぶ。トラウマを刺激しないよう、慎重に作られた部屋だ。売上が順調に上がり始めたハピネスエンディング社が、オフィスを隣室まで拡張した成果だった。

「はい……。多分、家族を愛するという機能を、どこかに置いてきたんじゃないでしょうか。私のことも、邪魔だと思っているんです。私が男児じゃなかったからっていうのも、あるんでしょう。政治家としては、跡継ぎになれないですから。よく『男も産めなかった女腹が』と、父は母を蹴っていました」

「そうやって、いじめられることが常態化していたんですね」

「はい。特に、母からの暴力があって。私を痛めつけるように、父が命じるんです。母は最初抵抗するんですが、蹴られるうちに『わかった、わかったからやめて』しか言えなくなってしまって。そして、私に通電するんです」

「ツウデン?」

一体何を意味しているのかわからなくて、そのまま聞き返してしまった。

「電気を通す、ことです。あの、理科の実験みたいな道具ってありますよね。アンペアとか、ボルトとか測るやつ。あれの小さいのがあって、電気ショックを与えるんです。そうすると、火傷《やけど》の痕が電気を通した場所にしか残らないから、ばれにくいんです……」

そう言って、夜明《よあけ》さおりはスカートをまくった。太ももの内側には、痛々しいミミズ腫れの痕が、幾筋も残っている。

「痛かったでしょう……」

あまりの壮絶さに、カウンセリング慣れした智也も言葉を失いかけた。努めて冷静に。智也はクラクラする頭を支えるように、姿勢を正す。

「すごく、すごく痛いんです。でも父が私を柱に縛って、母に通電させるんです。父はそれを見て笑うんです。痛がると余計に喜ぶから、唇を噛んでなるべく我慢するようにしていました」

そういえば、夜明さおりはマスクをしたままだった。唇にももしかすると、青痣《あおあざ》が残っているのかもしれない。

それでも、体裁を整える父親だった。態度とは裏腹に、父親はふんだんに娘へ学費を投資した。夜明さおりは複数回の留学を経験できた。留学は、さおりに正気を維持する力を与えた。帰国して間もなく実家から逃げ出し、今は外資系投資銀行に勤務している。従弟《いとこ》が夜明家の養子となり、晴れて跡継ぎ問題からも解放されたのだった。

「従弟、というか弟ですね。弟は、虐待されずに済んでいるそうです。もう体力がないからですかね。父もずいぶんと丸くなって。今でも癇癪《かんしゃく》を起こすそうですが、殴ったり、蹴ったりはもうしないって」

ほっとしたような表情で夜明さおりは語るが、その「癇癪」も周りから見れば、相当ひどい類《たぐい》だろう。新しい弟のことを考えると、智也も憂鬱になる。

「この模擬葬儀で、父と決別したいと思ってるんです」

夜明さおりが堅い笑顔を見せた。

「あの実家にはもう帰らない。そう覚悟をするために、葬儀をしたいんです。父と、これまでの私の人生に対して」

日程は早々に決まり、かくして莫大《ばくだい》な予算をかけた式が開催される、はずだった。

「なぜ、お前は葬式をしているんだ……？」

呆然としているのは、夜明議員だった。

「いっ」

悲鳴にもならない声を上げ、夜明さおりが体をかばった。常に暴力を受けていたからだろうか、身を守るポーズを咄嗟に取る。これまで智也が、何度も事前カウンセリングで見てきた態度だった。被害者は、体を守るすべを学んでしまっている。

智也は山岸さんを見た。

山岸さんも、動けていない。本当の緊急事態だ。紛れもなかった。

父親は、さらに会場を見る。そして、自分の写真が〝遺影〟となっていることに、気づいてしまった。

「これは……私か？」

「なんで……？」

夜明さおりが呻いた。

「お前には、私のお古の車をやっただろう……。あれには、ＧＰＳがつけてあって……」

「な、なんで！」

憤然と、父親は言い返した。

「議員の娘として、誘拐でもされたら、たまったもんじゃないからに決まっているだろう。そうしたら、だ。最近妙な動きをするじゃないか。職場と家の往復しかしなかったお前が、妙に出歩くようになって。それで家に入った」

「え？」

夜明さおりが、裏返った声を上げた。

「鍵なんか、あげてないよね？」

「そんなもの、母さんからもらったにきまっているだろう。なぜ、父親である私には鍵を渡さず、母さんにだけ渡すのか……これだから、近頃の娘は困りますよね」

と、笑いながら山岸さんへ語りかける。どうやら、ここの責任者は男である山岸さんだと認識したらしかった。

山岸さんは、ニコリともしない。

「年頃の娘なのにあんなに家を散らかして……というのはともかく、だ。模擬葬儀とかいう、珍妙なパンフレットを見つけたから。それで父さん、いてもたってもいられなかったわけだ」

愛情たっぷりかのような口調で話す議員。それが猫なで声であることは、智也にすら明白だった。

「一体葬儀ごっこで何を企《たくら》んでいるかと思いきや、まさか……まさか私の葬儀……。さおり、お前、正気か?」

夜明さおりは、ずっと固まっている。目をかっと見開いたまま、瞬間冷凍されたように、じっと。

「黙っていたらわからんだろうがっ!!」

バン! 父親のそばにあった、台が殴りつけられた。

「これまで育ててきたのは誰だ? 答えてみろ? 学費も生活費も稼いできたのは誰だ? こ

の金がどこから出てきたと思っている！　市民の皆様に申し訳ないと思わんのか！」

「あなた。……あなた！」

小さな声が後ろから聞こえる。そこに、夜明さおりの母親らしき姿があった。あまりにも父親の存在感が大きすぎて、母親の存在に全く気づかなかった。ダブルボタンのスーツに身を包む父親とは対照的に、何度も洗ってくしゃくしゃになったカーディガンは、議員の妻とは思えないいでたちだ。スカートにもシワが寄って、ほつれた糸が膝に絡み付いている。髪の毛はあちこちへはね飛んで、暴れる釣魚のようだ。急いで出てきたにせよ、夫婦であまりにも格差のある容貌だった。

「なんだ！」

鬼の形相のまま、父親が母親へ言葉を返す。

「あまり大声を出されますと、市民の皆様に聞こえてしまいますから……」

「この娘の一大事にか!?」

叫び返す父親に、母親も固まってしまった。きっと、怒鳴られ慣れているのだろう。

智也はおろか、美香さんも、山岸さんも動けずにいた。ここから何をすればいいんだ。考えろ。考えろ。これまでもらった恩があるだろう！　智也は言葉を探す。何が最善か。出て来ない。見つからない。

「お宅も、一体どのような権限を得てこの事業をなさっているんでしょうかね」

父親の矛先が、会社へ向いた。

美香さんが前のめりになる。

「このような業態に……どういった許可が必要かは私も知りませんが。いずれにせよ、公序良俗に反すると言えるんじゃないですか？　生きている人間の葬儀をするだなんて、人権侵害も甚だしい。娘を返していただきますよ」

「お待ちください」

美香さんが、父親との間合いを詰めた。ずっと山岸さんの方を見ていた議員が、初めて美香さんを見る。ようやく裁量がどちらにあるか、理解したようだ。

「夜明様……いえ、さおり様は、本日御本人の意思でここへいらしています。あたかも、弊社が無理に誘ったような形で、お招きしたと考えるのはおやめください。また、弊社はコンプライアンスに則《のっと》り、」

「うるっせえ！」

夜明議員が、手元にあった花を投げる。バケツごと飛んだ花籠が、美香さんの横をかすめた。

床へ激突した水桶は無惨にも花弁を撒き散らし、弧を描いた。

「一体、どんな了見で私を侮辱しているのか、と聞いているんだ！　こんな世間に顔向けできないような仕事をしている、貴様らのコンプライアンスなど知ったことか！」

ぎりぎり、と食いしばる議員の歯音が、智也まで聞こえてきそうなほどだ。

「お前らのような業態を、私の選挙区で許した覚えはない。こんなことをして……私を馬鹿にしてただで済むと思うなよ。死ぬまで後悔することになるからな……。おい。さおり」

急に呼びつけられた娘は、ビクリと反応した。

「帰るぞ」

「え、でも、今」

「でもじゃない！　帰るんだ。今、すぐに！」

夜明さおりの目が泳ぐ。助けを求めるように懇願する視線に、智也が走り寄る。

「夜明さん！」

「さおりに触れるな！」

父親が一喝した。

「いいか、娘に指一本でも触れてみろ。公然わいせつで通報してやる」

言いがかりにもほどがある。だが、議員の証言とこちらの意見、どちらが通るのか。智也には、判断のしようもない。

「さおり。お前は家へ戻るんだ。一回実家に戻りなさい。それでこれからのことを、じっくり話し合えばいい」

「……いや!」

さおりは逃れようと、のろのろと足をひきずって動き出す。だが、その腕を父親が摑む。

「帰るんだ」

ぱたり。

まもなく己《おのれ》が絶命することを理解した草食動物は、こういう動きをするかもしれない。首をガクンと落として、夜明さおりが歩き出した。そのまま糸で引きずられるように、父親の後をついていく。


「今晩くらい、飲みにいけない?」

珍しく、美香さんからのお誘いだった。あまりに落胆している智也を見て、耐えかねたのかもしれない。智也もこんな日に、一人で帰りたくはなかった。といっても、振るべき話題も思いつかない。そもそも、こんな日に飲んでいる場合なのだろうか。もっと社として、謝罪対応をすべきじゃないか。いや、謝罪したところで済むレベルではない。これから訴訟を起こされるのか? これまで自分がしてきた仕事は、違法なのだろうか。コンプライアンス、とは何なのか。自分まで訴えられる対象になるのか。それとも、こういうときは会社を訴えるものなのか。何もわからない。

不安が無限に押し寄せてくる。智也は移動中の車でも、押し黙るしかなかった。

美香さんはそれに、何か声をかけるわけでもなかった。くねくねと細い道を曲がり、果たして新宿にこんな場所があったのか、という小ぢんまりとした居酒屋にたどり着く。

「先、入ってて。車置いてくるから」

敷居を隔てて、店内から温かい空気が襲ってきた。それでも、智也の心は冷えきったままだ。下を向いたままで歩んでいく智也を見て、何かを察したのか個室へ通される。こんな面《つら》したやつにカウンターでしみったれた空気を出されたら、お店にとってたまったものじゃない、か。

ひどい顔をしていることには、智也もさすがに気づいていた。

「今日は大変だったね。というわけで瓶ビール！」

息せき切って、美香さんがやってきた。駐車場がどこも埋まってて、ごめんね、と何度も謝る。タクシーで帰るから安心して飲めるね、とも。

そんなことはどうでもいい。

「あの、美香さんは、大丈夫なんですか」

直球の質問を、投げずにはいられなかった。

「まあ、いつかはこうなるかも、って、考えてなかったわけじゃないからね」

美香さんは、へへへ、と笑いを滲《にじ》ませる。

「毒になる親ってさあ……。過干渉も多いでしょう？　だから、ああやって監視して、支配しようとすることも多いんだよね。だから、発信機つけるやベーやつってのも、いつか出てくるかなあって思ってたんだ。まさか、それが市議会議員だとは想定してなかったけどね。だから、思ったより大事にはなるかも、だけど。たとえ会社がひっくり返ったって、死ぬわけじゃないしね。訴訟とか、起こされたところで負ける要素もないし。私も、智也くんも、大丈夫だよ」

トクトク。美香さんはビールを手酌で注ぐ。下手なお酌をされたビールグラスは、白い泡でいっぱいになった。

「もともと、そこまで収益を考えてやっている事業、ってわけでもないことは、智也くんもわかっていたでしょう？　だって、明らかに人たんないもん。社長の私だって、現場に駆り出されてるし。普通の会社じゃ、そんなのあり得ないからね？」

酔っ払うと、笑い上戸になるのか。美香さんはへらへらと笑う。

「でも、だったらなぜこんな事業を」

「私を弔うためね」

意外な言葉に、智也が面食らってしまった。

「えっと、もしかして、美香さんにはお子さんがいらっしゃる？　それで、美香さんを模擬葬儀で……」

「まさか。いくつだと思ってんのよ、私のこと！」

「デスヨネ……」

でも、ツッコミ待ちだったじゃないですか。智也にも少しだけ、元気が湧いてきた。

「弔いたいのは、私の過去よ。家庭環境があまりにも悪くてね。地元は九州なんだけど、そこから出たかったの。地元で就職もしてたのよお？　結構いい感じに、業績も出してたんだから」

日本酒で何かいいのありますか、と、美香さんは勢いよくオーダーを追加する。燻製《くんせい》ポテトサラダ、いぶりがっこ、甘鯛の焼き、海老芋揚げ。どれもお酒が進む品だ。

落ち込んでいても、腹は減るものだ。箸を持つ手を止めない智也に、美香さんも満悦の笑みを浮かべる。

「でも、実家から離れたくてね……。単身東京に出てきて、公庫で資金を調達して。大儲けってわけにはいかないけど、こういう会社を作ったって、わけ。私と同じ思いをしているお子さんはいっぱいいらっしゃるだろうから、せめて葬儀で心の区切りをつけられたら……と思ってね」

智也くんは知ってる？　と、美香さんが前置きする。

「殺人事件って、半分以上が親族間で起きてるの。親が子を殺したり、子が親を殺してしまったり。あるいは、夫婦で起きたりね。家族って、くじ引きみたいなものじゃない。親から見たって、子供との相性がいいかは産んでみるまでわからない。育ってから、相性が悪いって気づいてしまうことがあるかもしれない。でも、関係を断つのは難しいし、どうにか折り合いをつけていかなきゃいけない」

美香さんが、はあっ、と息をついて、日本酒をあおる。片口に入っていた鍋島《なべしま》が、アッサリと空になった。

「でもね、そこで折り合いがどうしてもつかない関係って、あるわけ。私の家庭みたいにね。そこで本当に人を殺してしまうくらいだったら、いっそ模擬でもいいから、お葬式をやっちゃえばいいじゃない。そうすれば、親を死んだものとして割り切って、新しい人生を生きられるかもしれない。だから起業したんだよね」

先ほどとは裏腹に、智也の胸が温まっていく。ここまでの情熱を傾けた起業が、大きなトラブルに見舞われて。それでもなお、熱意を投げ出さずにこうして語ってくれること。どれほど、貴重な時間をもらえているのだろうか。

あの議員が何をしてくるかなんて、誰にもわからない。あとどれくらい、美香さんと自分は一緒にいられるのだろうか。

「そういえば、」

智也が口を開くと、美香さんが「なあに?」とすぐに返してくれた。

「模擬葬儀、美香さんはご自身のためにやったんですか」

「まさかあ。創業から忙しくって、自分のおままごとなんて、やってる暇なかったわよお。今日だって、片付けに手一杯でオフィスは花だらけ。明日六時から撤収の続きよ?」

「だったら、美香さんの模擬葬儀、しましょうよ」

「え」

「オフィスにまだ、今日の花も残ってるじゃないですか。カウンセリングルームを使えば簡単な設営、できますし。美香さんの親御さんを、弔いませんか」

美香さんはあっけにとられた顔をしている。


「それでは、石橋美香様、お入りください」

恭しく礼をすると、美香さんが照れながら入ってきた。足元はお酒のせいか、軽くよたついている。ピンヒールが、ぐにゃりと弧を描いた。

「いやあ、そうね……。私の両親ね。いざ、自分のことを話すのって難しいなあ。家族構成は、両親と、兄が一人います。地方にしては受験に熱心な親で、塾も小さい頃から通わされてたなあ。兄と私だと、私の方が成績、良かったんだけど、何しろ男尊女卑の社会だから。兄だけ上京させてもらえて、私は地元の大学にしか行けなくて。それがかなり、嫌だったんだよね。だって、兄ったら全然勉強も好きじゃないし、継ぐような家業がある家でもないしさ。なんで真面目にガリガリ勉強してきた私が、こんなところでくすぶらなきゃいけないの……って、ずっと思ってた。大体、兄は一流予備校に通わせてもらえて、私は独学だったのよ。受験料だって、兄は全額出してもらえて、私はバイト代から自腹。兄妹《きょうだい》でここまで差をつける？　ってくらい、格差あったわけよ」

酔っ払いが立って話すのは難しいと感じたのだろう。美香さんはカウンセリングルームの椅子に、どかっと座る。

「だけどね、就職はいいところに行けたのよ。氷河期の割には、全国規模の出版社で、地元の支社に入ることができてね。労働環境は真っ黒だったけど、全国トップの成績を出してたわ。そのへんがあったから、自分のことを結構好きでいられるんだと思う。親はいつか『ぶっ殺す』って思ってたけどさあ」

晴れ晴れした表情に、蛍光灯が当たる。赤くなった頬に、光がきらめく。

「それで、二十五だったか、二十七だったかな。そろそろ縁談を、ってなったわけ。当時のことだからね。結婚話も早かったんだよ。それで、お見合いってほどのものでもないけれど……両親のツテでいい人を紹介してもらえたの。私も悪くないなあ、って思う相手だったんだよね。それで、婚約中にブライダルチェックを受けたのね。あ、ブライダルチェックっていうのは、性病に感染していないかや、子供が産めるかを確認するための検査のこと。智也くんは、知らないでしょ」

結婚前にそんな検査をすることが、人権上ありなのか？　智也にとっては、新鮮な衝撃だった。

「でもね。それで、わかっちゃったんだ……子供が産めないってことが。働きすぎたせいかなって思ってるんだけど、卵子は少ないし、着床も全然できない体質だって、検査結果に出ちゃって。そうしたらもう、うちの親が怒っちゃってね」

意味がわからない。困惑する智也の顔を前にして、美香さんは気丈に笑う。

「あのね。これまで私を育ててきたのは、子孫を産ませるためだったんですって。それが叶わないなら、私を産んで育ててきた意味はないって、怒っちゃったの。私の家は、兄が結婚できそうにもなかったし、私が子供を産んで、石橋家の養子にするしかないって思ったみたいなのよ」

「えっ、ちょっと待ってください。石橋家の養子って、どういう意味ですか？」

「ああ、そっか。家って概念も、今の子にはないのか。つまりね、私がどこかの家へ嫁いだら、石橋家は滅亡しちゃうでしょう？　だから、私が男の子を二人以上産んで、一人を石橋家の養子にしちゃえば、家が存続できるって考えたわけ」

江戸時代の徳川家じゃあるまいし……。そんなことが起きていいのか？　あまりの衝撃に、智也は頭を手で支える。石橋家ももしかしたら、由緒正しいお家柄だったのかもしれない。あるいは、よほど旧態依然とした家風だったのか。

「だとしても、自分の娘に子供が産めないとわかった時点で、親が言っていいことじゃや、ないです」

美香さんは、目を細めた。

「そう。そうなんだよ。だから私も怒ったの。私だって、産めない体になりたいわけじゃなかった。結婚もしたかったし、家庭も作りたかった。それができなくなるってわかった相手に、言っていいことと悪いことがあるって。それでもう、怒りのあまりスーツケースに服を詰め込んで、そのまま東京に出てきちゃった……っていうのは、さすがに誇張しすぎたな。実際は、それから一か月くらいかかったけど。上京、してきたの。それから兄にも両親にも、連絡は取っていないかな。さすがに死んだら連絡が来るかもしれないけれど、もう来なくていいかな……」

美香さんはそこで言葉を止めた。もういいかな、という具合に。

「あの、美香さんは、どう感じたんですか」

「ん?」

「ここまでの言葉は、事実の羅列です。美香さんに何が起きたかはわかりましたけど、美香さんがどう感じていたのか、どう育ったのか、自分にはまだわかりません」

美香さんは表情を固くした。

「それは、私にもうまく説明できるかどうか、」

「これは模擬葬儀です。うまく話せなくたっていいんです。大事なのは、美香さんが、過去にけじめをつけられるかどうかです」

長い沈黙があった。

美香さんは、両手で頬を覆った。目は床へまっすぐに落ちている。しばらくそのまま考え込んでいたが、ぽつり、と話し始めた。

「普通の家庭に育ちたかったな」

智也は美香さんを見つめる。

「私、普通がよかったな。お兄ちゃんと普通に遊べるような家で育ちたかった。朝起きたら、お母さんが同じ朝ごはんを出してくれるような、女だからって、残り物をおばあちゃんと、お母さんと食べなくていい家」

美香さんは、拳をきゅっと握りしめた。

「あとは、そうだな……子供が産めなくても、いいよ、って言ってほしかったよね。働く女ってのもありだよね、あんたはあんたなりに頑張れ、って言われたかった。婚約が破談になったときも、私を責めるんじゃなくて、それでもいいよって、言われてみたかったなあ……。悔しいなあ。悔しいね。こんな気持ちは、どこへやったらいいんだろうね……。会社を起こしてからも、おんなじように差別されてきたきょうだいっ子を見ると、いたたまれなくて現場に行けないんだ。事前にカウンセリングシートを見るのは、そういう事情もあるの。私と同じ境遇だった人を見ると、耐えられなくなっちゃうね。だって、私の時代からもう十年以上たってるのに、何一つ救えてないって思い知らされるからさ……」

「今、何でも叶うとしたら、何が欲しいですか」

智也の投げかけに、美香さんがじっと智也を見た。その瞳は、濡れている。

「そうだね。お母さんに会いたい。お母さんに、大好きだよって言われたい。でも、それはもうできないのね。お母さんが好きな私は、もう死んでしまったから。だから私が、模擬葬儀で出会ったお客様たちのお母さんになる、くらいの気持ちでやってきたけどね……。ああ、お母さんに会いたいなあ」

智也の頬が濡れていることに気づいたのは、手のひらへと涙が伝ってからだった。それを見て、美香さんが笑う。美香さんも泣いていた。二人で酔っ払って、ゲラゲラとひとしきり笑った。そしてまた、泣いた。

エピローグ

確かに、あれからしばらくは大変だった。

訴訟は起こされなかった。けれど、代わりにやってきたのは、大量のマスコミだった。議員さんはどうやら、メディアへリークする方へ舵《かじ》を取ったらしい。お陰で模擬葬儀というニッチな存在が、皆に知られてしまった。模擬葬儀は最初、小さなオンラインの特集記事から始まり、そこから火をつけたようにマスメディアへ広まった。ＳＮＳでは「生きている親を弔うなんて人道にもとる」なんてグループと、「それほどまでに酷い親がいることは、もっと知られていい」ってグループが、討論会まで開いたらしい。

でも、そんなことはどうでもよかった。と、言えるほどに日常は変わった。国民が模擬葬儀の話題に飽きるまで、美香さんと山岸さんの家にべったりとマスコミが張り付いていたからだ。それでは日常がままならないので、二人ともホテル暮らしを余儀なくされた。オフィスには嫌がらせのピザが届いたり、大量の肥料が送りつけられたりした。智也は出勤しないよう止められていたが、結局は対応を手伝っていた。家でだんまりを決め込むなんて、頭がおかしくなりそうだった。

実際、無限に鳴るインターホンとお問い合わせ対応を智也がしたことで、会社に果たした貢献は大きい。騒ぎになって急増した模擬葬儀の依頼に追われて、美香さんと山岸さんはてんやわんやの大騒ぎだった。

「でも、マスコミが見張っている中で模擬葬儀をやるわけにもいかないから」

と、ハピネスエンディング社は、オンライン模擬葬儀を急遽《きゆうきよ》リリースした。お陰でスキャンダルとは裏腹に経営は順風満帆となったけれど、業務量は爆発的に増加していた。

智也は、会社から自分が何を求められているか、理解しているつもりだった。

十時間は働いてから、家のドアを開けると、玄関で母親が出迎えてくれた。ここ数日は、ずっとそうだ。智也がどこで働いていて、何をしていたか知ってから、母親は急に優しくなった。晩ごはんのメニューは、智也の好物ばかりになった。肉料理で真っ茶色に染まる皿を並べながら、母親は

「今だけだからね」

と、いたずらっ子のように笑った。その気遣いが、何よりも嬉しかった。

父にも、迷惑がかかった。勤め先で智也の仕事が噂になったらしい。それで仕事に影響が出るような風土でなくて良かったけれど、肩身の狭い思いはずいぶんさせてしまったらしい。

二時間ほど、家族会議で釈明する時間は取らされた。

「なんで、こんなインターンを選んだのさ……？」

と、質問してくる父親は、なんだか切なかった。

「まず、ごめん。こんな大事になるなんて思わなかった。最初は、面白い経験をしてみたい、ってだけだったんだ」

「だったら、もっと他にいろいろあっただろう。こんな、人様の親を無断で葬儀……しちゃうなんて仕事じゃなくてね」

穏やかに、そして厳しい父の声。

「そうかもしれない……。ただ、働く中で、うちとは違う家庭事情のお客様が、こんなにいるって、わかったんだ。俺は、こんなに温かい家でぬくぬくと暮らせているけど、そうじゃない家がこんなにあるんだって。ニュースでは知ってたけど、どこか他人事《ひとごと》に感じてて。話し合いの余地も、可能性もない親子関係ってあるんだよ。そして、本当に殺人事件を起こしてしまったり、自殺しちゃうくらいなら、模擬葬儀でできることが、あるんだよ」

父親は、黙って腕組みをしたり、何度もお茶をおかわりしたりと、せわしなかった。冷静沈着な父親でいたい反面、落ち着かない気持ちを隠せないんだろうなあ……と、智也の目には映った。

「……とにかくもうね、起きてしまったことだから、後は対応するだけなんだ」

父親は、ふうっと息をつく。そしてさらに、お茶をおかわりした。

トッ、トッ、トッ。時計の秒針が進む音がする。

誰もが黙って、父の声を待っていた。

「今後は、」

長い静寂を、父が破る。

「何か行動を起こすときにお父さんや、お母さんに迷惑がかかるかもしれない、という意識だけ持っておいてくれるかな。事前に相談してくれるだけでいいから」

智也は目を見開いた。

「智也の決めたことを、お父さんもお母さんも、応援したいとは思ってるんだよ」

智也は、じっと父親を見つめる。父の瞳にも、智也が映る。

「ありがとう……ありがとう」

ずっと考えていたことがあるんだ、と、智也は口を開いた。

「ねえ、本当に後悔しないの？　本当に、ほんっとうに？」

「美香さん、もしかして止めたいんですか？」

「いや、そうじゃなくて。ほら……智也くんには、迷惑をかけっぱなしでしょ？」

珍しく、バシッとスーツできめた美香さんが、智也の周りでもたついていた。社にとっても前例がないから、何を準備したらいいのかわからない、といった様子だ。

狭い会議室には、花が飾られていた。けれど、いつもの供花とは違う。桜に、チューリップ、ヒヤシンス。カラフルな彩りがオフィスに芳しい香りをもたらしている。

智也も、少し緊張していた。久しく通い慣れたオフィスで、新しくおろしたスーツ。パリッと糊《のり》のきいたシャツは、優しく首元を締め付ける。

「写真撮影するときは、この白背景でいいんですか？」

聞き慣れた、女性の声がする。

「そうそう。照明の位置確認お願いね、七海ちゃん」

山岸さんが、のんびりした声で返した。

突然だった。七海が、インターンとして入ってきたのだ。あれだけ「事前に相談もなく、怪しい仕事を始めるなんて」と怒っていた七海が、それこそ相談もなく、同僚になってしまった。

「なんでここに？」

腰を抜かす智也に、七海はあっさりと言ってのけた。

「そこに、求人があったから?」

山じゃないんだよ、インターン先は。脱力する智也を後目《しりめ》に、勤続一か月目の七海はあっさり会社へなじんでいた。今は資料整理を任せているが、模擬葬儀を実演する日も近いだろう。

そのとき、七海の精神はもつだろうか。

智也は目を閉じる。智也がインターンとして入った一年前も、まるで昨日のようだ。一言で片付けるには、あまりにも、多くの苦しみがあったけれど。

思い出すのは、花だ。

おびただしい数の供花が、〝その日〟のために咲き誇り、引き裂かれた。どの花にも罪はない。だが、理不尽な人生のぶんだけ、花は咲かされた。子供たちがそうだったように。花は咲く場所を選べない。

踊り狂う花束。舞い散る花弁。暴力に晒された茎。切り落とされる根。それでも美しい生き様。世界はなんて醜いのだろう。

感謝もされ、怒りも招いた。

模擬葬儀で誰かを救うなんて、立派な志は持てない。

自分は、誰かを救うことなんてできない。

それでも。

「じゃあね、えっと、始めます。えっと、何をだ。これって何を始めるって言えばいいのー⁉」

美香さんが、早速困っている。

山岸さんが、ぶっと吹き出した。

「美香さん。僕がやりますよ。それでは、ハピネスエンディング株式会社、第一回入社式を行います」

全員の目線が、智也へ集中する。

智也は、ぐっと顎を引いた。

装丁　bookwall
装画　カヤヒロヤ

トイアンナ

1987年生まれ。慶應義塾大学卒業後、外資メーカーで勤務し、文筆業にて独立。エッセイからノウハウ本、小説まで幅広く執筆している。書籍に『モテたいわけではないのだが　ガツガツしない男子のための恋愛入門』『改訂版　確実内定　就職活動が面白いほどうまくいく』など。Twitter @10anji10

本書は書き下ろしです。

編集　室越美央
　　　庄野　樹

ハピネスエンディング株式会社

二〇二三年四月二十三日　初版第一刷発行

著者　トイアンナ
発行者　石川和男
発行所　株式会社小学館
〒一〇一-八〇〇一　東京都千代田区一ツ橋二-三-一
編集　〇三-三二三〇-五七二〇　販売　〇三-五二八一-三五五五
DTP　株式会社昭和ブライト
印刷所　萩原印刷株式会社
製本所　株式会社若林製本工場

ISBN 978-4-09-386683-5